COLLECTION FOLIO

Miguel de Unamuno

Des yeux pour voir

et autres contes

Traduit de l'espagnol
par Raymond Lantier

Gallimard

Ces textes sont extraits du recueil *Contes*
(Du monde entier, 1965).

Titre original :
CUENTOS

Miguel de Unamuno est né en septembre 1864 à Bilbao au Pays basque espagnol. Après des études à Madrid, il devient professeur de grec à l'université de Salamanque où son inaptitude à se plier aux programmes universitaires ne facilite pas sa carrière. En 1895 paraît *L'essence de l'Espagne,* dont les analyses constituent encore de nos jours un important document sur l'Espagne castillane. Devenu socialiste, il milite et collabore à différentes revues. En 1898, malade, il traverse une grave crise spirituelle. Avec d'autres écrivains comme Valle-Inclán et Machado, il crée le mouvement de Génération 98 qui a pour mission de régénérer la culture du peuple espagnol.

Contraint à l'exil sous Primo de Rivera, il s'installe à Paris et publie en 1924 *L'agonie du christianisme.* Il ne rentre à Salamanque qu'en 1930 où il est nommé recteur de l'université. Au moment de la guerre d'Espagne, il conserve son poste jusqu'au jour où il prononce un discours célèbre en réponse à un général franquiste. Il se place ainsi ouvertement dans l'opposition puis est assigné à résidence. Il meurt quelque temps après, le 31 décembre 1936.

Unamuno est surtout connu comme essayiste, mais il a écrit de la poésie, des romans, des contes et des nouvelles.

Découvrez, lisez ou relisez les livres de Miguel de Unamuno :

CUENTOS/CONTES (Folio Bilingue n° 90)

LE SENTIMENT TRAGIQUE DE LA VIE (Folio essais n° 306).

DES YEUX POUR VOIR[1]

C'était un dimanche d'été, un dimanche, suivant une semaine laborieuse, pareil à un printemps succédant à un dur hiver.

Sur un fond de verdures la campagne se parait de fleurs éclatantes. Un tel jour conviait à s'étendre en manches de chemise à l'ombre de quelque chêne et à embrasser le ciel en fermant les yeux. Les gamins riaient et se poursuivaient sous les arbres, où pépiaient les oiseaux. La foule se rendait à la messe. Lorsqu'on se rencontrait, on se saluait les uns les autres, comme dans la bonne compagnie. On allait à l'église pour remercier Dieu qui, durant la semaine écoulée, avait accordé courage et joie pour le travail, et lui demander la même grâce pour les

1. Ce conte, signé du pseudonyme « Moi-même », a été publié dans la « Page littéraire » d'*El Noticiero Bilbaino* du 25 octobre 1886. Unamuno avait vingt-deux ans.

jours à venir. Aucun événement au village, si ce n'étaient les regrets unanimes de la mort, à quatre-vingt-douze ans, du bon Mateo. « Pauvre ange, Dieu l'a rappelé à lui. C'était un malheureux ! » Mais qui ne sait que le malheur est le plus sûr garant de la béatitude éternelle ?

Si l'allégresse était générale, si parce que c'était dimanche le cœur des jeunes filles battait plus fort et plus gaiement, si les oiseaux chantaient, si le ciel était si bleu, la campagne si verdoyante, pourquoi le pauvre Juan était-il triste ? Et pourtant il fut un joyeux luron, un blagueur ardent et infatigable. On ne lui connaissait aucune disgrâce, le bon Dieu l'avait comblé de ses dons. Il avait des parents dont il pouvait s'enorgueillir, des frères dont il était fier, une fortune suffisante pour satisfaire ses désirs. Mais depuis son retour de la capitale, où il avait poursuivi ses études supérieures, Juan était taciturne, fuyait tout commerce avec les hommes, voire avec les animaux. Il recherchait la solitude et évitait tout commerce.

Au village, on se répétait de bouche à oreille ses propos étranges, pour ne pas dire indécents, bien plus en harmonie avec les sombres couleurs des ruelles de la capitale qu'avec les verdoyantes campagnes qui l'entouraient. Au moins vingt fois dans la même journée, jour après jour, on l'entendait répéter : « La vie vaut-elle la peine d'être vécue ? » Il ne parlait que de peines, de douleurs, perpétuels sujets de ses tristes réflexions et de ses conversations remplies d'amertume. L'étonnement de ses concitoyens devenait chaque jour plus profond. Ces candides campagnards ne pouvaient comprendre ce jeune homme qui étalait des sentiments aussi hostiles à leurs propres opinions, se faisait une règle d'une absolue négation et les enserrait dans d'interminables discours sur la vanité des choses de ce bas monde. Son père s'inquiéta, puis perdit sa belle humeur ; dans son anxiété, sa mère n'avait que ses yeux pour pleurer. Juan, à ses inquiètes sollicitations, ne savait que répondre : « C'est une manie ! Je n'ai rien… Si je suis triste, c'est qu'il doit en être ainsi… Les uns voient la vie en rose, les autres en noir. » Ses parents consultèrent le médecin, un aimable petit vieillard qui en savait bien plus qu'il ne le croyait. « Bah ! leur répondit-il, ce n'est rien, laissez-le tranquille, le remède viendra avec le temps. Ce garçon s'obstine à ne regarder qu'à ses pieds… et par hasard ici… ici où le ciel est si bleu ! et surtout… où trouverait-on des yeux comme il y en a tant ici ? Bah ! bah ! bah ! Attendez qu'il retrouve ses yeux… Allons ! allons ! il a besoin de se servir de ses yeux ! Il ne veut pas s'en servir ! »

Il n'était guère aimable, le coup d'œil que notre Juan jeta sur le médecin, ce bonhomme implacable, sournois, vulgaire et sans pitié qui jamais ne le rencontrait sans lui décocher quelque remarque ironique. Il était vraiment insupportable, importun, ce médicastre de village qui se moquait ainsi de la profonde tristesse d'une âme malheureuse et incomprise. « Tristesse théorique, mon petit Juan, tristesse théorique !... Des yeux ! et encore des yeux ! Il te manque des yeux pour regarder le ciel ! » Et Juan de poursuivre son chemin, ruminant — en les exagérant encore — les tourments d'un esprit qui se ronge lui-même, les railleries d'une foule imbécile qui ne sait que rendre la souffrance plus profonde et assombrir nos rares bonheurs. Ce médecin était cette foule, et certainement son incarnation.

Pendant de longues heures, Juan s'enfermait, lisant et relisant encore. Que lisait-il ? Jamais ses parents ne le surent : des livres en langues étranges, aux titres barbares et embrouillés, avec beaucoup de *sch* et de *pf* et autres lettres aussi harmonieuses, puis quelques volumes de poésies. Sur l'un d'eux, une vignette montrait un homme en pleurs auprès d'un saule, ou quelque autre image aussi mélancolique.

À la fin de l'après-midi, lorsque le soleil descend derrière la montagne et que les vieillards sortent avec leurs petits-enfants pour jouer devant les portes, Juan traînait, comme un mendiant ses haillons, sa tristesse à travers le village. « Adieu, don Juan ! » disaient les uns, « Adieu, don Juan ! » reprenaient les autres, tous avec le sourire aux lèvres et la compassion dans le cœur. « Adieu ! » répondait sèchement le désenchanté.

À la sortie du village, au bord de la route, se dressait une petite maison, précédée d'une treille abritant un banc de noyer. C'était là que Magdalena servait des rafraîchissements aux voyageurs et aux passants.

Après la mort de son père, sa mère était restée seule et, ce qui est encore plus triste, malade et paralysée, laissant sa fille sans soutien. Jeune encore lorsqu'elle perdit son père, un peu plus âgée quand déclina la santé de sa mère, elle se trouva n'avoir plus pour toit que le ciel, l'herbe des champs pour plancher et couche. C'est alors que les amis de son père lui tendirent leurs mains calleuses et lui procurèrent cette cantine, dont les maigres ressources aidaient les deux femmes à vivre.

Mais qu'elle était gaie, la petite ! Ne disait-on pas qu'elle était née sous cette treille un jour de ciel bleu et de campagnes verdoyantes ? On prétendait même qu'un vent léger agitait alors les ramilles au même rythme que l'enfant ses petites mains. On ajoutait aussi que sa première plainte avait été un rire et que Dieu avait déposé dans son âme toutes les couleurs les plus belles et toutes les senteurs les plus suaves.

Juan venait s'asseoir sur ce banc et, s'il réussissait à étancher sa soif, il ne parvenait jamais à dissiper la sécheresse de son âme.

— Bonsoir, don Juan. Que prendrez-vous ?

— La même chose qu'hier.

— Voilà que les jours raccourcissent et s'allongent les nuits.

— Rien de plus naturel.

— Si vous saviez combien je regrette la fuite du printemps !

— Il faut bien qu'il s'en aille ! Tout ce soleil m'écrase, ses rayons me brûlent, et je ne puis plus rien faire.

— Si vous voyiez comme les moustiques dansent dans ce rayon de lumière à travers la fenêtre ! On distingue même la poussière !

— Je préfère un ciel couvert de nuages.

— Moi, je n'aime les nuages qu'au moment où ils se dissipent, pour laisser passer un coin de ce ciel si bleu… si bleu…

— Simple illusion d'optique !

— Illusion ! comment ? Que dites-vous là ? Comment cela se fait-il ? Moi aussi, je voudrais savoir, don Juan.

— Comment ? Je n'ai rien dit, ma petite.

— Mais qu'avez-vous, don Juan ?

— Écoute-moi : appelle-moi Juan ou Juanito, comme tu voudras, mais pas don Juan, le don est absurde.

Une voix se fit entendre : « Allons, mon petit Juan, allons… Voyons si tu sauras te servir de tes yeux… Voyons, mon bonhomme… Vois comme les raisins sont beaux !… Bah ! bah ! bah ! Le monde est si détestable ! »

C'était l'implacable médecin qui passait.

— Cet homme me tue.

— Pourquoi, don Juan ? Il est si bon… Il est si bon et si gai… J'aime les vieillards qui ne sont pas tristes…

— Moi, pas. Il est gai parce qu'il ne pense pas.

— Mais ne disiez-vous pas hier qu'il était préférable de ne pas penser ?

— C'est possible, oui…

Et puis… Juan achevait de vider son verre, payait, s'en allait en lançant à la cantonade : « Pauvre petite ! Elle doit bien souffrir, bien qu'elle le dissimule ! » Et la pauvre Magdalena restait tête basse, se demandant : « Quand il est aussi triste, que peut-il bien avoir ? »

Le lendemain, Juan était de nouveau sous la treille. Il y revint, puis devint un habitué assidu du banc de noyer.

Un jour qu'il feuilletait des papiers, sortis de ses poches, les lisait et les corrigeait, au moment de les rassembler, avant de régler sa consommation et de s'en aller, une feuille glissa et tomba.

Après son départ, Magdalena la découvrit sur le sol et ramassa le papier oublié. C'était une femme, elle le lut.

« La vie est un monstre qui se dévore lui-même. Elle en souffre et en jouit à la fois. On oublie ses joies, mais non l'amertume de ses peines. Demain, avec le jour plus serein, le ciel plus clair, l'air plus doux, la lampe éteinte, reprendra la ronde de tes pensées perdues dans de nouvelles combinaisons. Tu t'écrieras alors : "Ah ! viens ! viens !" Et tendant les bras, tournant ton front triste, tu t'exclameras : "Trop tard ! Tout est déjà du passé !" La terre tourne, chaque année la ramène à son point de départ, perpétuellement autour du soleil, sans jamais l'atteindre, et si par hasard elle y parvenait, nous serions tous réduits en poussière. Pourquoi en est-il ainsi du monde ? Liberté ! Liberté ! Ah ! insensés ! Qui nous délivrera de nous-mêmes ? Ombre de l'ombre et rien d'autre, la lumière qui la projette n'est que lumière glacée et misérable.

Devrai-je voir quotidiennement le soleil se lever pour s'éteindre et renaître de sa disparition ? Il me faut compter en minutes pareilles à des heures mes heures écoulées comme des minutes ; le temps ne pardonne pas. Je suis né, j'ai vu le monde et il me dégoûte, est-ce donc si étrange ? Comme elle est triste l'âme qui chemine solitaire ! et puis où trouver l'âme sœur ? Manger pour vivre et vivre pour manger, quel horrible cercle vicieux ! Qui pourrait végéter ainsi ? Tel le parasite qui s'agrippe à l'arbre pour s'en nourrir, des idées s'emparent des derniers recoins de mon cerveau pour le tourmenter. Rien n'est plus beau que le sommeil, fermer les yeux et s'anéantir. Il y a plus de bouches que de pain, plus de désirs que de réussites. Tu souffriras et, quand tu auras cessé de souffrir, tu souffriras encore. Ce n'est pas la connaissance qui me manque, mais les apaisements. Je suis mon pire ennemi, je ne sais que rendre amères toutes mes joies, mes peines plus aiguës. Où sont les cieux de mon village et les oiseaux qui nichaient dans ma maison ? Ô toi qui dispenses le sommeil, laisse-le tomber sur moi, fais-moi la grâce de dormir sans me réveiller… »

Magdalena ne lut pas plus avant. Sa jolie tête inclinée, c'est en vain qu'elle tentait de sécher ses larmes avec un coin de son tablier. À peine avait-elle pu saisir le sens de ces lignes qu'elle en ressentait toute l'amertume. Sa gorge se nouait ; une boule ardente battait dans sa poitrine pour éclater en une vague de frissons agitant tout son être.

Sa gaieté avait disparu et, à travers ses larmes mal séchées, elle vit, comme elle ne l'avait jamais remarqué, se décomposer la lumière.

Au coucher du soleil, Juan arriva, comme de coutume, pour reprendre sa place sur le banc de noyer. Magdalena n'était pas là comme les autres soirs.

— Magdalena !

— Monsieur !...

La jeune fille apparut, mais plus triste, plus tourmentée. D'une main incertaine, elle posa sur la table le rafraîchissement accoutumé.

— Que se passe-t-il ? Tu as quelque chose aujourd'hui ?

— Tenez, monsieur.

Et elle tendit à Juan le maudit papier, cause de sa tristesse.

Juan le prit, le reconnut, le serra fortement, le regarda, à la fois sombre et honteux, puis laissa retomber sa tête entre ses mains. C'est alors que, dans ce malheureux esprit, enseveli dans les ténèbres, se déchaînèrent les bourrasques de la tempête, s'effondrant, se redressant pour retomber encore ; puis, tentant un nouvel effort pour se redresser, il vit passer tour à tour le couple d'oiseaux nichant dans sa maison, les chauves-souris de la ruelle, le soleil de midi et l'obscurité de la nuit. Sous l'empire d'une profonde angoisse, il éprouva alors la seule véritable douleur qu'il eût jamais ressentie et ses larmes ruisselèrent jusque dans son verre.

À travers ses pleurs, il vit passer un alerte petit vieillard. Se séchant les yeux avec sa manche, Juan se leva, fronçant les sourcils pour affirmer son calme, paya et partit sans toucher son verre, en disant :

— À demain !

Restée seule, Magdalena, elle aussi, sécha ses pleurs et, comme elle avait la gorge sèche, vida d'un trait le verre dans lequel avaient coulé les premières larmes d'un pessimiste. Elle venait de retrouver la lumière et la joie. Elle espérait et, le calme revenu, s'apaisait.

À l'entrée du village, Juan rencontra le médecin, mais cette fois il lui parut plus aimable, plus sympathique et plus cordial.

— Bravo ! mon petit Juan, bravo ! Qu'as-tu donc, mon bonhomme, pour avoir les yeux aussi brillants ? Tu les as donc retrouvés !... Regarde, regarde le ciel. Demain, il sera très clair...

demain, c'est dimanche… tu iras à la messe… et puis sur le banc de noyer !

Puis, s'approchant de son oreille, il ajouta :

— Sèche donc tes larmes, sot, triple sot ! Où donc as-tu bien pu apprendre à tout mépriser ? Bien sûr, le monde n'est pas fameux, et tu veux le rendre encore pire ! Tu es sauvé maintenant… Cela se guérit avec des larmes… Demain, tu regarderas le ciel avec d'autres yeux, mais ce soir tu vas jeter au feu toutes ces sottises que tu as accumulées ! Allons, va, petit sot… donne-moi la main… et au lit !…

La main tremblante et débile du jeune homme pressa la main forte et assurée du vieillard.

— Vous dites : au lit !

— Pour se réveiller demain.

Le lendemain, Juan était de bonne heure sous la treille et la quitta plus tard. Au cours de ce mois, ses parents avaient retrouvé paix et joie, et le pessimiste était redevenu le plus joyeux, le plus espiègle et le plus franc luron du village. On le saluait plus gentiment, on le rencontrait partout et il avait la faiblesse de croire qu'on voyait mieux le ciel sous la treille et que les yeux de Magdalena avaient transformé ce monde abhorré en un paradis, dissipé le monstre de la vie qui le dévorait. Ce n'étaient pas les yeux de la fille mais son âme dans laquelle Dieu avait insufflé la sainte allégresse, dispensé les plus chatoyantes couleurs et les senteurs les plus suaves. Ce qui devait suivre arriva naturellement. Juan apprit à espérer et, ainsi, à unir l'avenir au présent, le bonheur d'un perpétuel lendemain en ce monde à la douceur de se laisser vivre et aimer.

Et plus tard, lorsqu'il connut la vraie douleur, il ne la cacha plus, en se donnant le plaisir d'être plaint, il connut la joie d'être consolé. La véritable abnégation n'est pas de savoir garder ses peines, mais de savoir les faire partager.

COMMENT DON VICENTE ÉPOUSA SA CUISINIÈRE[1]

Grâce à Dieu, un point final allait être enfin mis à une existence de célibataire. Une vie nouvelle ou, mieux, une vraie vie s'ouvrait. Le pauvre Vicente était incapable de supporter plus longtemps sa solitude. Depuis la mort de sa mère, il vivait seul, avec sa servante. Celle-ci le soignait bien. Elle était propre, discrète, attentionnée et, sans être vraiment jolie, était dotée de petits yeux pétillants qui illuminaient son visage, mais... il ne s'agissait pas de cela. Vicente ne pouvait continuer à vivre ainsi.

Quant à sa fiancée, Rosaura, c'était un enchantement. Grande, vigoureuse, blonde, elle marchait comme une déesse, la tête haute. Elle avait une bouche qui donnait envie de vivre rien que pour la contempler. Toute sa beauté resplendis-

1. Publié dans *Los Lunes de El Imparcial,* Madrid, 23 septembre 1912.

sait de santé. Et cependant, Vicente n'était pas sans relever, dans son comportement à son égard, certaines nuances qui, tout en contribuant à exciter ses désirs, n'étaient pas sans calmer sa flamme : Rosaura était très réservée. Jamais il n'avait pu obtenir certaines de ces familiarités, d'ailleurs bien innocentes, que se permettent les fiancés. Jamais il n'avait réussi à lui ravir un baiser.

« Après le mariage, mais seulement après, tout ce que vous voudrez », lui répétait-elle. Et Vicente de se redire à part lui : « Tout ce que vous voudrez ! Ne serait-ce pas là une marque de dédain ? Non, c'est comme si l'on disait : pour ce que cela me coûtera ! » Vicente soupçonnait que seules les caresses difficiles à obtenir sont appréciables.

Rosaura l'aimait-elle, l'aimait-elle vraiment ? Elle était si secrète ! Elle restait si jalousement sur son quant-à-soi. Elle n'avait, semble-t-il, d'autres préoccupations que se faire valoir, se faire respecter. Pour lui, elle semblait obéir encore plus aux conseils de sa mère, la future belle-mère de Vicente, une matrone insupportable par ses prétentions aristocratiques. En présence de la bonne dame, il n'était pas permis d'aborder les deux tiers des sujets pouvant faire l'objet d'une conversation, et il était interdit d'appeler les maladies par leur nom. Il n'y avait aucun doute, c'était bien cette mère classique qui recommandait à Rosaura : « Fais-toi respecter, ma fille. » Quant à elle-même, elle ne devait avoir connu que le respect de son mari, le père de Rosaura, mort d'ennui.

Rosaura l'aimait-elle ? Mais… elle était si belle ! Quel éclat dans son regard, sur ses lèvres vermeilles si rouges, si fraîches qu'à les voir on respirait plus fort et plus profondément.

À l'approche du mariage, Ignacia, la servante, avait demandé à Vicente :

— Monsieur, après votre mariage, pourrai-je rester à la maison ?

— Il ne manquerait plus que cela, Ignacia.

— Mais si Madame voulait amener une autre domestique ?

— Non, elle n'en a pas l'intention.

— Qui sait…

Et la pauvre petite de se demander comment elle pourrait s'entendre avec une maîtresse aussi hautaine.

Tout était prêt pour le jour du mariage, quand, la veille, Vicente tomba de cheval et se cassa une jambe. Le médecin assura qu'avant un mois il ne pourrait quitter le lit.

Ce fut une grande irritation chez sa fiancée. « Alors que tout était prêt et les frais engagés », s'exclamait la mère.

— La chose est bien simple, observa le parrain de Vicente, la fiancée ira chez son fiancé et ils se marieront chez lui.

— Comment, s'écria la bonne dame, lui étant au lit !

— Naturellement, je ne vois aucune difficulté à célébrer un mariage alors qu'un des futurs conjoints est alité. Ils peuvent très bien se donner la main et échanger leurs promesses et puisque la jeune fille doit ensuite rester…

— Ma fille n'ira pas se marier chez son fiancé, et encore moins chez un homme qui garde le lit avec une jambe cassée.

Entre-temps la demoiselle se demandait si son fiancé ne resterait pas définitivement boiteux.

Le pauvre Vicente souffrit encore plus de la conduite de la jeune fille que de sa jambe cassée. Rosaura se rendait à son chevet comme par devoir. Il espérait que le mariage se ferait aussitôt, ou qu'au moins elle consentirait à lui servir d'infirmière.

— D'infirmière, s'écria madame mère, mais cet homme est fou ! Que penserait-on de ma fille ? si elle allait soigner un célibataire, même son fiancé officiel, et dans de telles conditions, avec une jambe cassée. Quel manque de délicatesse !… Enfin, il est des choses qu'on ne peut accepter !

Le pauvre Vicente n'eut plus alors de recours et de consolation qu'en Ignacia. La petite redoubla de sollicitude et de gentillesse. Elle le soigna avec une tranquille charité, telle une prêtresse. Vicente s'efforçait de ne pas se plaindre et, vraiment, lorsque la servante refaisait ses bandages ou déplaçait la jambe brisée, ce n'étaient pas des mains de femme, mais les douces ailes d'un ange qui le frôlaient.

— Que c'est long, Ignacia !

— Soyez patient, Monsieur. Le médecin ne vous promet-il pas que vous ne boiterez pas ? Mlle Rosaura l'espère bien.

— Elle m'attend… elle m'attend…

— Je l'ai rencontrée hier, et elle s'est informée de vous avec beaucoup de sollicitude.

— Des questions… des questions…

La guérison fut plus rapide que prévu. Très tôt Vicente put se lever et, appuyé sur une canne solide, faire quelques pas dans sa maison. Il prévint ces dames qu'il était prêt à se rendre à l'église pour s'y marier. Sa future belle-mère lui répondit que rien ne pressait et qu'il était préférable d'attendre son complet rétablissement.

Enfin on fixa une nouvelle date pour le mariage, les médecins assurant que Vicente pourrait alors marcher sans le secours de sa canne et qu'aucune trace ne subsisterait de son accident.

Cependant le pauvre homme était triste. C'était un homme de parole, mais le mariage lui apparaissait comme un sacrifice.

Trois jours avant la cérémonie, Ignacia l'aborda, rouge et confuse comme il ne l'avait jamais vue :

— Monsieur, je regrette d'avoir à vous dire…

— Quoi ?

— Que je vous quitte — et elle se mit à pleurer.

— Comment ? Tu me quittes ?

— Oui, puisque Monsieur va se marier…

— Mais n'était-il pas décidé que tu restais à notre service ?

— Oui, entre vous et moi ; mais pas avec elle, pas avec Mademoiselle…

— Comment ? Elle t'aurait dit quelque chose ?

— Non, elle ne m'a rien dit. Mais je comprends bien que nous ne pourrions pas rester longtemps ensemble…

— Et pourquoi ?

— Parce que j'ai soigné Monsieur, pendant sa maladie, moi et pas elle.

— Mais qu'est-ce que tout cela peut faire ?

— Cela a son importance. Je sais ce que je dis. Elle, une jeune fille, et une jeune fille qui doit vous épouser et qui vous aime, ne pouvait… ne devait pas vous soigner, tandis que moi…

— C'est vrai ! tu es la domestique.

— Mais oui.

Plongé dans ses pensées, Vicente courba le front pour le relever presque aussitôt et, regardant sa servante les yeux dans les yeux, lui dit lentement :

— Tu as raison, Ignacia. Je comprends mieux encore tes sentiments. Je partage aussi tes craintes. Ma fiancée, ma future femme, et toi ne pourriez vivre sous le même toit. Et puis, madame sa mère, la femme aux si nobles sentiments, finirait par te chasser. Tu as raison : celle qui se fait si bien respecter ne pouvait, ne devait pas, venir à mon chevet. C'était ton rôle à toi, la servante, et tu l'as tenu avec un dévouement que je ne saurais trouver chez elle… quand elle sera ma femme. Vous ne pouvez vivre l'une près de l'autre et, comme je ne veux pas me séparer de mon infirmière, je renonce à Rosaura et je me marie, mais… avec toi… Tu le veux bien ?

La pauvre petite fondit en larmes.

Et Vicente se maria avec son infirmière, avec celle qui n'avait jamais cherché à se faire respecter. Elle n'y avait même jamais songé, tant était profond le grand et silencieux amour qu'elle portait à son maître, cet amour tout simple qui fit des mains d'une laveuse de vaisselle d'angéliques ailes pour soigner la jambe brisée de Vicente.

La mère de Rosaura se perdit en discours et dit à sa fille en manière de consolation :

— Tu ne perds rien, ma fille. J'ai toujours soupçonné la vulgarité des sentiments et des goûts de cet individu.

LA TACHE SUR L'ONGLE[1]

Procopio cultivait ce qu'on pourrait appeler la superstition des superstitions, c'est-à-dire celle de n'en avoir aucune. Le monde était pour lui un mystère, mais vide de sens. Rien ne signifie rien, était sa devise. Vouloir tout expliquer est une invention de l'homme, superstitieux par nature. Toute la philosophie — et pour Procopio, la religion était une philosophie à l'usage des enfants ou des vieillards, avant ou après leur développement mental — se réduisait à l'art de poser des charades où le tout procède des parties, mon premier, mon second, mon troisième, etc. En dernière analyse, sa philosophie pouvait se résumer en ces mots : « Cela ne veut rien dire. » Tel était l'*a b c* de sa sagesse. Mais à quoi correspond ce rien qui a cependant un sens

1. Publié dans *Los Lunes de El Impartial*, Madrid, 25 janvier 1923.

qu'il traduit sans le vouloir ? À la rigueur, l'homme ne pense que pour parler, pour communiquer avec ses semblables et se persuader ainsi qu'il est un homme.

Un jour que Procopio se préparait à se couper les ongles — opération à laquelle il se livrait fréquemment — il remarqua à la base de l'ongle du majeur de la main droite, un peu vers la gauche, une petite tache blanche de la dimension d'une lentille. Incident naturel non contagieux, affaire de tissu. « Bah ! se dit-il, elle montera avec la croissance de l'ongle et finira par disparaître. Un jour je la ferai sauter en coupant l'ongle. » Mais l'homme propose et Dieu dispose, et Dieu fit que Procopio ne put s'empêcher de chasser de son esprit cette petite tache blanche sur son ongle.

Aussi, lorsqu'il entreprit, quelques jours après cette découverte, de prendre une plume, la tache l'empêcha de la faire courir à son gré. « Mais c'est idiot, se disait-il, furieux contre lui-même, puisque cela ne veut rien dire ! Superstitions avilissantes ! » Il se rappelait qu'étant enfant on lui avait expliqué que ces petits points blancs sur les ongles représentent autant de mensonges et qu'ils surgissent sur les ongles des enfants menteurs. Mais il n'était plus un enfant — encore moins un vieillard — et il n'avait aucun souvenir d'avoir fait récemment un gros mensonge ou de s'être menti à lui-même. Au reste, tout cela ne voulait rien dire, et il partit à la campagne pour voir si le soleil et le grand air lui feraient oublier cette petite tache sur l'ongle du majeur.

Mais quoi ? Il lui eût été plus facile de faire disparaître de son ongle la petite tache. « Mais qu'est-ce que cela veut dire ? se demandait-il, sans vouloir se le dire, qu'est-ce que cela signifie ? Certainement rien ! Quelque chose, certainement ! car il n'est pas d'effet sans cause et, indubitablement, il y a là un effet, un effet de quelque chose. Ce n'est pas sans raison que cette petite tache s'est faite sur mon ongle et précisément sur l'ongle du majeur de la main droite, et non sur quelque autre de mes dix doigts. C'est à voir ? » Et il se mit à examiner ses autres ongles. « Il n'y a pas d'effet sans cause, pas de cause sans effet. Pourquoi cette petite tache est-elle survenue ?... Une petite tache ? » Il entreprit de discuter de l'existence même de la tache. Or, les taches lui paraissaient généralement tirer sur le noir. « Cependant, cependant, blanc sur noir est une tache, aussi bien que noir sur blanc. Sur un vêtement noir, le lait fait une tache comme l'encre sur le plastron d'une chemise blanche. » Il espérait par ces sophismes chasser de son imagination la petite tache. Mais quoi ! pas même cela, et le problème n'était plus dans la découverte de la signification de la petite tache, mais celui de savoir si elle avait une signification... Au vrai, de préciser si quelque chose signifie quelque chose.

Procopio était persuadé de ne pas croire aux « présages », prédictions et autres superstitions — un péché, comme l'enseigne le père Astete —, mais la superstition de Procopio était de croire que rien ne signifie rien et que rien n'est explicable. « Et si nous cherchions plus avant : quelle signification apporter au fait qu'on m'ait appelé Procopio ? pourquoi mon père, qui avait pour prénom Wilibrod, m'a-t-il fait baptiser sous ce nom ? et je sais qu'il avait un frère, mon oncle, Burgundóforo... » Mais en vain... Non, il ne réussissait même pas par ces digressions à chasser l'obsession de la petite tache blanche. Elle était toujours là, sur l'ongle, le narguant, comme pour lui dire : Devine, c'est une devinette. Que fait l'œuf dans la paille ? Et moi, qu'est-ce que je fais ici ?...

La « chose », comme il l'appelait en se parlant à lui-même, commença à le troubler, il était obsédé par la petite tache. Douleur, non ! Ce n'était pas une douleur ; cela n'arrivait pas jusqu'à la souffrance. C'était quelque chose qui le tracassait, pareil à l'anxiété de celui qui ne se souvient plus du nom de son père, de son fils ou du sien propre. Il se rappela aussi qu'un jour, étant enfant, il dut sortir de l'église où il entendait dévotement la messe, ne pouvant supporter de sentir moucher les cierges de l'autel. Et maintenant il retrouvait les angoisses de son enfance.

Devait-il peindre son ongle ? le limer ? le couper ? Le mieux serait de le laisser pousser. Peut-être même, dans son désir de voir disparaître cette tache mystérieuse — oui, mystérieuse, mystérieuse ! —, l'ongle pousserait-il plus rapidement. Pourquoi pas ?... la volonté n'aurait-elle pas par hasard une action plus ou moins rapide sur la croissance des ongles ?

« On raconte que Newton, se dit Procopio, eut la révélation de la gravitation en voyant tomber une pomme... Un racontar, certainement ! Mais l'apparition de cette petite tache sur un de mes ongles ne serait-elle pas pour moi comme la chute de la pomme pour Newton ? Et maintenant, que vais-je découvrir ? » Il était indispensable de trouver quelque chose ; l'esprit veut une explication. Seulement, comme rien ne signifie rien... Serait-il amené à découvrir que rien ne signifie rien ? Il croyait avoir trouvé la solution, mais pour lui seul. Mais quand on ne réussit pas à dévoiler aux autres ce qu'ils croient tenu pour découvert, on commence à soupçonner que soi-même on n'a rien trouvé.

« Et si je pouvais démontrer que *la chose* ne signifie rien ? » L'épouvante l'envahit. L'obsession de la petite tache le laissait incapable de penser à des affaires plus sérieuses. Plus sérieuses ? et pourquoi plus sérieuses ?

Procopio rentra à la maison, pensant à tous les problèmes qu'il aurait à résoudre. La tache de son ongle prenait les dimensions d'un événement cosmique. Il n'osait plus dormir de crainte d'en rêver. Procopio avait une horreur superstitieuse de la superstition.

AU CAFÉ[1]

À mes commensaux.

Vingt ans déjà que Redondo avait dû quitter sa patrie, c'est-à-dire la réunion d'habitués où il avait connu les meilleures heures de son existence, les seules vraiment vécues au cours d'une jeunesse prolongée. C'est que pour Redondo la patrie n'était ni la nation, ni la région, ni la province, pas même la ville où il était né, avait grandi et vécu. La patrie, c'étaient ces deux tables de marbre blanc du café de l'Union, situées au fond de la salle, dans l'encoignure à gauche en entrant, autour desquelles, jour après jour, pendant plus de vingt ans, il retrouvait ses amis pour discuter de *omni re scibili et quibusdam aliis.*

Il venait d'entrer dans sa quarante-quatrième

1. Publié dans *Los Lunes de El Impartial*, Madrid, 23 décembre 1912.

année lorsque, ruiné par son banquier, il se trouva dans l'obligation de travailler. Dans ce but, il partit en Amérique auprès d'un oncle, propriétaire d'une importante exploitation. Et là, il fut incapable d'oublier sa véritable patrie, le petit coin du café de l'Union, soupirant jusqu'aux larmes à le retrouver un jour. Il avait volontairement négligé de prendre congé de ses commensaux et, arrivé en Amérique, cessé tout commerce avec eux. Incapable de les entendre, de les voir, de s'entretenir avec eux, il avait préféré ne plus rien savoir de leurs réunions. Il rompit tout contact avec sa patrie, se consolant à la pensée de la retrouver un jour, certes avec quelques changements et cependant toujours pareille. Il n'avait toutefois pas oublié ses compatriotes, disons ses commensaux, et se demandait : « Que peut bien avoir encore inventé Romualdo ? À quelle nouvelle fantaisie s'est laissé allé le Patriarche ? Quelle poésie de circonstance aura lue Ortiz pour l'anniversaire d'Henestrosa ? Quel mensonge, encore plus gros que les autres, aura trouvé Manolito ? » Il se posait les mêmes questions au sujet des autres habitués.

Il vécut en Amérique dans un perpétuel souvenir des réunions du café de l'Union, soupirant après elles, alimentant son espoir de son ignorance volontaire de leur sort. Le temps passait et son oncle ne lui permettait pas de revenir en Europe. Il souffrait intimement et profondément, incapable de se créer une nouvelle patrie, c'est-à-dire de se joindre à une autre réunion. Les années s'écoulèrent, puis son oncle mourut, lui laissant la majeure partie de son énorme fortune et, ce qui était plus précieux encore, la liberté de rentrer dans sa patrie, son oncle ne lui ayant jamais permis, au cours de ces vingt années, qu'un seul voyage. Redondo réalisa sa fortune et, plein d'anxiété, rentra au pays natal.

Avec quel serrement de cœur Redondo ne gagna-t-il pas, après plus de vingt ans, cette encoignure du café de l'Union, à gauche de l'entrée, là où était sa vraie patrie ! En entrant dans le café, son cœur battait à tout rompre et ses jambes flageolaient. Les garçons n'étaient plus les mêmes ; il ne les connaissait pas et ils ne le connaissaient pas. Le patron avait changé. Il s'approcha du groupe, attablé dans l'encoignure : pas de Romualdo l'imaginatif, ni de Patriarche, ni d'Henestrosa, ni d'Ortiz, le poète de circonstance, ni de ce hâbleur de Manolito, ni de don Moisés, ni… pas même un seul de ses commensaux ! Tous différents, tous nouveaux, tous plus jeunes que lui, tous des inconnus ! Sa patrie s'était évanouie ou avait émigré sur une autre planète, et il se sentit seul, désespérément seul, sans patrie, sans foyer, sans consolation d'avoir vu le jour. Tant de rêves, de désirs, de soupirs pendant ces vingt années d'exil et pour un tel résultat ! Il rentra chez lui, un froid logis en location, et ressentit alors le poids de ses soixante-huit ans et de sa vieillesse. Pour la première fois il envisagea l'avenir, frémissant au peu de jours qu'il avait encore à vivre. Et quelle existence ! Il ne put dormir et, dans cette nuit tragique, il entendit siffler à ses oreilles le vent de la vallée de Josaphat.

Deux jours plus tard, désemparé, la tête basse, pareil à l'ombre de la feuille jaunie par l'automne que le vent vient d'arracher à la branche, il se dirigea vers l'encoignure du café de l'Union et prit place à la troisième table de marbre, près de la terre où fut sa patrie, et prêta l'oreille aux propos de ces hommes nouveaux, de ces barbares envahisseurs. Ils étaient presque tous jeunes ; le plus âgé devait avoir cinquante et quelques années.

Soudain l'un d'eux s'écria : « Cela me rappelle l'une des meilleures du grand Romualdo. » À ces mots, Redondo, poussé par une force intérieure, se leva et s'approcha du groupe.

— Excusez, messieurs, l'impertinence d'un inconnu, mais je viens d'entendre le nom de don

Romualdo, l'homme illustre, et je serais heureux de savoir s'il s'agit de don Romualdo Zabala, mon meilleur ami d'enfance.

— Lui-même, lui répondit-on.

— Et qu'est-il devenu ?

— Il est mort, il y a quatre ans.

— Connaissiez-vous Ortiz, le poète de circonstance ?

— Nous l'avons connu, puisqu'il faisait partie de cette réunion.

— Et lui ?

— Mort aussi.

— Et le Patriarche ?

— Il est parti et on ne sait plus rien à son sujet.

— Et Henestrosa ?

— Mort.

— Et don Moisés ?

— Il ne sort plus de chez lui ; il est paralysé.

— Et ce menteur de Manolito ?

— Mort aussi…

— Mort… mort… il est parti et on ne sait plus rien de lui… il reste chez lui, paralytique… et moi, je suis encore vivant… Mon Dieu ! Mon Dieu ! — et, les larmes aux yeux, il s'assit parmi eux.

Un silence tragique s'installa, rompu par un des nouveaux habitués, un des envahisseurs, qui lui demanda :

— Et vous, monsieur, peut-on savoir... ?

— Je suis Redondo...

— Redondo ! s'écrièrent-ils tous en chœur. Celui qui partit en Amérique, après avoir été ruiné par son banquier ? Redondo, dont on ne savait plus rien ? Redondo, qui nommait sa patrie cette réunion ? Redondo, l'animateur des banquets ? Redondo, qui faisait la cuisine, jouait de la guitare, le spécialiste des histoires salées ?

Le pauvre Redondo leva la tête, regarda autour de lui, ses yeux se dessillèrent, il entrevoyait la renaissance de la patrie, et avec des larmes, mais des larmes de joie cette fois, s'écria :

— Oui, lui-même, Redondo lui-même !

Entouré, acclamé, ils lui décernèrent le titre de père de la patrie, et ce fut comme si tout le sang de cette jeunesse affluait dans son vieux cœur. C'était lui, l'ancêtre, qui envahissait chez les envahisseurs.

Il assista régulièrement aux réunions du café de l'Union et se persuada qu'elles n'avaient pas changé, qu'elles étaient toujours les mêmes et que, chez les successeurs, revivait l'esprit de ses fondateurs. Redondo était la conscience historique de la patrie. Quand il remarquait : « Cela me rappelle un trait de notre Romualdo », ou : « Ortiz, avec sa bonne grâce habituelle, disait une fois... », ou encore : « Pour un mensonge, en voilà un de Manolito », et tous de s'écrier ensemble : « Dites ! dites ! » et d'applaudir.

Il apprit à connaître et à aimer ses nouveaux commensaux et, quand il lui arrivait de placer une des histoires salées de son répertoire, il se sentait rajeunir. Il fit la cuisine pour le premier banquet et, à soixante-neuf ans, joua de la guitare et chanta des couplets à la patrie éternelle, toujours renaissante.

Redondo avait pris en particulière amitié Ramonete, l'un des nouveaux commensaux qui eût pu être son neveu. Il s'asseyait près de lui, lui donnait de petites tapes sur le genou et ne manquait pas de le mettre en valeur. Il lui disait souvent : « Toi, Ramonete, tu seras l'ornement de la patrie ! » Il tutoyait tout le monde et, comme sa bourse était ouverte à tous ses compatriotes, ses commensaux, Ramonete y puisa souvent.

Un nouveau paroissien s'agrégea à la réunion, neveu de l'un des habitués, un garçon décidé et quelque peu indiscret, mais bon et distingué. Cette intrusion déplut au vieux Redondo, l'accès de la patrie devant rester fermé. Quand le nouveau venu ne pouvait l'entendre, il l'appelait l'Intrus. Il ne cachait pas sa méfiance à l'égard de l'Intrus, qui, par contre, vénérait comme un patriarche le vieux Redondo.

Un jour Ramonete ne vint pas. Redondo, mécontent comme devant un sacrilège, demanda après lui. On lui dit qu'il était malade et, deux jours plus tard, qu'il était mort. Redondo le pleura comme son propre neveu, puis appela l'Intrus, le fit asseoir auprès de lui et lui dit :

— Vois, Pepe, quand tu es venu avec nous, dans cette patrie, je t'appelai l'Intrus, car ton entrée dans notre cercle me paraissait une intrusion, quelque chose qui en altérait l'harmonie. Je ne comprenais pas alors que tu venais pour remplacer le pauvre Ramonete. J'avais aussi oublié qu'avant la disparition de l'un de nous, et non après, est né souvent celui qui sera appelé à le remplacer, qu'on vient au monde pour pousser les autres et non pour boucher un trou, qu'enfin celui qui doit prendre ma place est né et existe depuis longtemps. Viens, assieds-toi auprès de moi : nous sommes tous les deux le commencement et la fin de la patrie.

Tous acclamèrent Redondo.

Comme ils le faisaient trois ou quatre fois par an, ils préparèrent un jour un repas en commun, une agape, comme ils l'appelaient. Redondo, qui avait cuisiné un plat de sa spécialité, présidait. Au cours du repas, qui fut particulièrement animé, on rappela les hauts faits du grand Romualdo, récita une poésie de circonstance d'Ortiz, raconta les menteries de Manolito et le souvenir de Ramonete fut évoqué. À la fin de la réunion, au moment de prendre congé de Redondo, qui paraissait endormi — ce qui lui arrivait souvent —, ils s'aperçurent qu'il était mort, mort dans sa patrie, au cours d'une fête patriotique.

Il avait légué sa fortune à la réunion, la répartissant entre tous ses commensaux, à la condition de se réunir en un certain nombre de banquets au cours de l'année. Il leur demandait aussi de donner un souvenir aux glorieux fondateurs de la patrie. Le testament, curieux document olographe, se terminait ainsi : « Je prends congé de ceux qui m'ont rendu vivable la vie, leur donnant rendez-vous dans la patrie céleste où, dans une encoignure du café de la Gloire, à main gauche en entrant, je les attends. »

QUAND UN IDIOT RENCONTRE UN AUTRE IDIOT[1]...

Comme tous le fuyaient, le tenant tout au plus pour un pantin dont on s'amusait, Celestino l'idiot évitait tout contact avec les gens. Solitaire, il courait les champs, spectateur inconscient perdu dans l'ambiance de l'entourage champêtre. Tout en poursuivant son existence sur cette terre comme s'il eût été encore dans le sein de sa mère, Celestino l'idiot, prisonnier de son enfance, associait aux réalités de l'heure ses rêveries infantiles, non moins réelles à ses yeux. Il assistait au spectacle sans y participer. Son esprit enregistrait naïvement des impressions : tout pour lui n'était qu'un état de conscience. Il recherchait la solitude profonde des berges du fleuve, s'amusant aux plongeons des canards, au vol heurté des oiseaux, aux arabesques tracées par un couple de papillons. Une de ses plus

1. Publié dans *El Impartial*, Madrid, 20 mai 1895.

grandes distractions était de voir tourbillonner un scarabée qu'il avait retourné sur le sol, pattes en l'air.

Il ne craignait que la présence de l'ennemi, l'homme. À son approche, il lui jetait de temps en temps un coup d'œil, accompagné d'un sourire qui voulait dire : « Ne me fais rien, je ne te veux pas de mal ! » et, lorsqu'ils se croisaient sous ce regard indifférent et sans amitié, il baissait les yeux vers le sol et aurait souhaité se faire encore plus petit qu'une fourmi. S'il rencontrait quelqu'un de connaissance qui l'interpellait d'un : « Hé, Celestino ! » il souriait humblement dans l'attente d'une bourrade sur la nuque. À la vue des gamins, il pressait le pas. Il les avait en horreur et à juste raison : c'étaient les plus méchants parmi les hommes.

Un matin, il tomba sur un autre promeneur solitaire. En le croisant, il lui sourit comme d'habitude et, sur le visage de l'étranger, il découvrit le reflet de son propre sourire, un aveu d'intelligence. S'étant retourné, il vit que l'autre avait, lui aussi, tourné la tête, et ils se sourirent mutuellement. Ce devait être son semblable. Tout le jour Celestino fut plus gai que de coutume, réchauffé dans son cœur par la présence de ce passant qui, dans son innocence, venait, par le truchement d'un visage humain, de lui ouvrir l'univers.

Ils se rencontrèrent de nouveau le matin suivant, alors qu'un moineau qui faisait grand vacarme se posait sur un saule voisin. Celestino le montra à l'autre et lui dit en riant :

— En voilà un oiseau… C'est un moineau !

— C'est vrai, c'est un moineau, répondit l'autre en éclatant de rire.

S'excitant l'un l'autre, ils riaient de plus en plus fort : d'abord à cause de l'oiseau qui, par ses piaillements, faisait chorus avec eux, et ensuite parce qu'ils riaient. Les deux idiots firent ainsi amitié en plein air et sous le ciel du bon Dieu.

— Comment t'appelles-tu ?

— Pepe.

— Et moi, Celestino.

— Celestino… Celestino… cria l'autre en riant de tout son cœur. Celestino l'idiot… Celestino l'idiot…

— Et toi, Pepe l'idiot, répliqua Celestino avec vivacité et prenant la mouche.

— C'est vrai : Pepe l'idiot et Celestino l'idiot…

Et les deux idiots finirent par rire à gorge déployée de leur idiotie, avalant de grandes bouffées de grand air. Leurs rires se perdaient sous l'allée de peupliers, confondus avec les bruits de la nature.

Depuis ce jour, ils se réunissaient quotidiennement pour se promener ensemble, se communiquer leurs impressions, s'indiquant mutuellement les beautés que Dieu mettait sous leurs yeux, *à l'intérieur* de cet univers qui leur dispensait chaleur et abri comme à deux jumeaux à l'intérieur d'un même sein.

— Il fait chaud aujourd'hui.

— Oui, il fait chaud ; il fait vraiment chaud...

— C'est vrai, il fait ordinairement chaud à cette saison... hi ! hi !... et froid en hiver.

Ils se reconnaissaient ainsi l'un dans l'autre, jouissant de découvrir à chaque instant ce que nous croyons être définitivement établi, concret et logique. Mais, pour eux, tout était neuf sous le soleil, toute sensation nouveauté, l'univers une création perpétuelle, et rien d'autre. Quelle ne fut pas la bruyante explosion de joie de Pepe en voyant le scarabée les pattes en l'air. Dans son enthousiasme, il s'était emparé d'un caillou et se disposait à mettre fin aux malheurs de la bestiole en l'écrasant, mais Celestino le lui défendit en lui disant :

— Non, c'est mal...

L'imbécillité de Pepe n'était pas, comme celle de son nouvel ami, congénitale et incurable, mais accidentelle et progressive, conséquence d'un ramollissement du cerveau. Et cela, Celestino le savait, mais sans se l'expliquer. Il avait confusément perçu l'origine de cette différence entre eux deux, et cette constatation, enfouie au plus profond des ténèbres de son âme innocente, avait fait germer dans son cœur un amour à la fois fraternel et maternel pour le pauvre Pepe. Quand son ami se laissait aller au sommeil au bord du fleuve, Celestino chassait les mouches importunes, jetait des cailloux dans les flaques d'eau pour faire taire les grenouilles, était attentif à empêcher les fourmis de se promener sur la figure du dormeur et, toujours inquiet, surveillait les aîtres dans l'attente de quelque passant. À la vue de gamins, sa poitrine se soulevait et il se rapprochait encore plus de son ami, des cailloux plein les poches. Lorsqu'un sourire passait sur le visage du dormeur, Celestino souriait à l'univers qui l'entourait.

Les gamins les poursuivaient dans les rues en criant :

Un idiot et un idiot
font deux idiots !

Un jour, un grain de raisin, lancé par un gamin, s'étant collé sur le visage du malade, réveilla chez Celestino un instinct jusqu'alors endormi. Il se lança à la poursuite du gamin et le roua de coups. La bande, à la fois irritée et amusée par la révolte imprévisible de l'idiot, s'en prit aux deux idiots. Faisant un rempart de son corps à son ami, Celestino se défendit héroïquement à coups de pied et de poing jusqu'à ce que l'arrivée d'un agent de police mette en fuite les gamins, non sans une réprimande pour notre idiot. « En voilà assez, mon bonhomme ! »

L'idiotie de Pepe atteignit à un tel degré d'abrutissement que celui-ci, inconscient, se contentait de répéter ce que lui montrait son ami, tel un bonimenteur de cosmorama.

Un jour, Celestino ne vit pas son pauvre ami. Il se mit partout à sa recherche, jetant des regards haineux aux gamins et souriant plus que jamais aux hommes. Il apprit enfin que Pepe était mort comme un petit oiseau et, bien que n'ayant rien compris à la mort, éprouva un violent désir de savoir. Il ramassa un caillou, le mit dans sa poche et entra dans l'église où on le conduisait à la messe. Là, devant un christ, agenouillé, puis assis sur ses talons, et après s'être signé plusieurs fois à toute vitesse, il ne faisait que répéter :

— Qui l'a tué ? Dis-moi qui l'a tué ?…

La vue du Christ lui rappela vaguement qu'un jour, dans cette église, il avait entendu dire dans un sermon que le crucifié, qu'il ne quittait pas des yeux, ressusciterait d'entre les morts.

— Ressuscite-le ! Ressuscite-le ! criait-il.

Au sortir de l'église, une bande de gamins l'entoura, le tirant par sa veste, lui arrachant son chapeau, crachant sur lui. On lui demandait : « Et l'autre idiot ? » Alors Celestino se retrouva lui-même, ayant perdu ce courage fugitif, né de l'amitié. Il ne pouvait que crier : « Voyous ! voyous ! sales voyous !... canailles... ce sont eux qui l'ont tué... voyous ! » Il jeta le caillou et pressa le pas pour se mettre chez lui à l'abri.

Lorsque, solitaire, il reprenait le chemin de l'allée de peupliers, au bord du fleuve, les impressions nouvelles que, tel un afflux de sang spirituel, il recevait, comme d'une source de la nature ambiante, se groupaient, s'associaient et prenaient vie autour de l'image vague et nébuleuse du visage de l'ami, souriant dans son sommeil. Il humanisait la nature, l'anthropomorphisait à sa manière, simple et inconsciente, transposait en impressions nouvelles, telle une matière vivante, la tendresse protectrice que le contact avec un de ses pareils avait fait germer en son cœur et, sans en avoir conscience, entrevoyait vaguement un Dieu qui, du haut du ciel, lui souriait d'un sourire semblable à un sourire humain.

LES BIENFAITS DU SOMMEIL[1]

Lorsque je fis sa connaissance, Hilario n'était rien, ne faisait rien. C'était, en un mot, un homme des plus palots et des plus communs, malgré sa réputation d'originalité. Quoi qu'il en soit, j'eus la bonne fortune d'assister à un de ses éclats et de l'entendre raconter ses déboires de cette voix nasillarde et lente, sur le mode douloureux qui s'emparait alors de lui totalement jusqu'à le faire retomber dans sa sauvagerie habituelle.

Hypnotisé dès sa jeunesse par la lecture et l'étude, il croyait dur comme fer que ce vice était la source de tous ses maux. Dans sa soif insatiable de percer les mystères, il avait tout dévoré, sciences, lettres, humanités, avec un acharnement obstiné. Plus impénétrable lui apparaissait le mystère à mesure qu'il découvrait des

1. Publié dans *El Fomento*, Salamanque, 11 janvier 1897.

voies nouvelles pour l'aborder et il n'éprouvait que désappointement et impatience à se heurter des centaines de fois aux mêmes explications à travers des centaines de livres les plus divers. En quête de nouveautés, de pensers nouveaux ou renouvelés, pour son propre enrichissement spirituel, il ne tombait que sur des redites insupportables. Tous les ouvrages traitant d'une même matière ont un fond commun qui le laissait rêveur et lui procurait une profonde désillusion. L'auteur de la découverte d'un principe nouveau en chimie ne peut faire moins qu'écrire un traité complet de cette discipline, heureux encore s'il ne prétend pas que ledit principe est appelé à modifier tous les autres et à devenir un des piliers du système nouveau.

Avant de se coucher, il déposait sur sa table de nuit trois ou quatre livres, sollicité par tous à la fois. Après une courte hésitation, il choisissait un ouvrage, le feuilletait, lisait au hasard quelques lignes, inattentif et distrait par l'attrait des autres volumes laissés sur la table. Il l'abandonnait alors pour un autre qu'il laissait tomber à son tour, certain que ce qu'il rencontrerait dans l'un il le retrouverait dans l'autre. Souvent il se contentait de poser la main sur un des livres sans le prendre et finit même par renoncer à ce geste, préférant dormir avec le sentiment de la présence de ces chers livres auprès de lui.

Il entreprit la lecture de monographies, de notes bibliographiques de références, d'extraits et surtout de revues. De celles-ci il passa aux revues de revues. Mais tout cela n'était que carcasses, sans chairs ni âmes, de purs schémas. Plus pénible encore fut la désillusion que lui causa la lecture des extraits, encore plus bavards et plus vides que les ouvrages auxquels ils étaient empruntés. Et que dire des plus beaux titres odieusement estropiés !

À la fin, il rechercha les ouvrages bourrés de références et de notes et, sur l'échafaudage dressé par l'auteur pour l'établissement de son œuvre, il en imagina un autre. Il termina par la lecture des catalogues.

Les catalogues ! Rien n'est plus suggestif qu'un catalogue. Que de fantaisie nébuleuse et imprécise abrite un titre ! tout ce qu'il est permis d'imaginer sans connaître ce qu'il cache ! Il se couchait avec un catalogue et le feuilletait. Sa connaissance des langues étrangères lui était d'un grand secours.

Wiezzieski, *Le Problème du mal*, quel vaste champ ouvert aux débauches d'une imagination au sujet des obscurités du problème ; Wadswosth, *L'Avenir de l'Inde*, 7e édition, in-4°, 6 shillings, qu'en dire ! et de se rappeler Warren Hastings, Lord Clive et le bouddhisme, le tempérament anglais et mille autres images ; Bonnet-Ferrières, *L'Art de vivre*, évocation nouvelle d'une symphonie inarticulée d'idées larvées ; Schmaushauser, *Le Droit assyrien...*, on a encore peu écrit sur le droit historique, quel sujet ! Hembrani, *La Philosophie de la chimie*, 15e édition, 20 lires ! et pendant quelques instants il assistait à une danse d'atomes pleins de personnalité et de vie ; López Martínez, *Commentaires sur la procédure*, quelle ampleur ! Et il s'endormait.

Il éprouvait en même temps un désir effréné de sommeil. Tout le jour, en remuant ses livres, en consultant les catalogues, il attendait l'heure de se coucher dans l'espoir de dormir. Une fois au lit, ramassé sous les couvertures, il se réjouissait à l'idée de l'instant où il sombrerait dans l'inconscience. Il se laissait aller parfois à épier ce moment qui lui échappait toujours, invariablement distrait en cet instant précis. D'autres fois, il se tournait et se retournait sous l'empire d'une agitation brûlante à la pensée du néant qui l'effrayait plus encore que l'enfer. Le néant ! Tomber dans ce vide immense, non... pas même tomber.

Il se levait tard, s'habillait, faisait sa toilette, prenait son petit déjeuner tranquillement, lisait son journal, y compris les annonces, feuilletait un catalogue, regardait avec amour ses livres, les touchait, les déplaçait, en feuilletait quelques-uns. Il gagnait ainsi l'heure du déjeuner. Le café pris, il allait un moment au casino voir jouer à l'hombre, jeu auquel il ne comprenait d'ailleurs rien. Une lente promenade suivait, puis, le sommeil s'infiltrant peu à peu, il dînait légèrement et se couchait tôt.

Le jour où il se laissa aller à cet éclat, il me confia :

— Quelle plus effroyable maladie que... mais non, tout bien considéré, elle n'est pas effroyable ! Je passe mon temps à attendre l'heure de me coucher, caressant cette idée en imagination, et je me couche me délectant à la pensée que je vais dormir pour me réveiller demain avec un esprit tout neuf. Le sommeil ! c'est la *vis medicatrix naturae* et la digestion mentale... Pendant le sommeil, au fond de l'oubli où prend corps la chair de notre esprit, les idées que nous avons reçues s'assimilent. Ce que nous savons le mieux est ce que nous avons oublié. Tous ces courants nouveaux, crises spirituelles, dégénérescence, fin de siècle, névrose et neurasthénie, mysticisme et anarchie, tout cela n'est que rêveries sociales et rien de plus. C'est clair ! Tant de revues, de bibliographies, de catalogues, du sommeil, du sommeil, rien que du sommeil. Les agitateurs, les révolutionnaires, me direz-vous ? Des aspirants somnambules. Vivement les ténèbres du Moyen Âge et dormir !...

— Mais c'est là nier tout progrès...

— Le progrès ? Vous croyez donc qu'il n'y a de progrès qu'à l'état de veille ? Il faut digérer le progrès et se gorger de sommeil ! Dormir ! Dormir pour assimiler le progrès et se réveiller dans un autre siècle, la tête fraîche, de bonne humeur, et augmenter encore cette réserve vivifiante et féconde qu'est l'oubli, la seule chose positive et réelle, croyez-moi.

LA FOLIE
DU DOCTEUR MONTARCO[1]

Je fis la connaissance du docteur Montarco peu de temps après son installation dans la ville. Un attrait secret me porta vers lui. Je fus aussitôt conquis par ce qu'il y avait d'ouvert et de simple dans son extérieur et sur son visage. C'était un homme grand, blond, robuste, aux mouvements prestes. Une heure lui suffisait pour faire d'un inconnu un ami, et s'il en était autrement, l'entretien ne durait même pas soixante minutes. Il n'était pas facile de distinguer chez cet homme ce qu'il y avait en lui de spontané et de voulu, tellement il avait su associer la nature et l'art. Aussi lui reprochait-on parfois d'être précieux et d'une simplicité affectée, alors que nous ne découvrions en lui que spontanéité. Il me dit et me répéta maintes fois : « Il y a certains

1. Février 1904. Publié dans *Ensayos,* IV, Residencia de Estudiantes, Madrid, 1917.

sujets que nous considérons comme naturels et spontanés et auxquels nous prêtons une telle importance que nous finissons par en faire des objets d'études et de recherches approfondies, alors qu'il en est d'autres dont nous ne commençons à nous rendre maître qu'après maints efforts, et peut-être contre notre nature, et qui finalement deviennent pour nous des plus naturels et des plus personnels. »

Ces propos montrent que le docteur Montarco, tant qu'il fut sain d'esprit, était loin d'être ce personnage extravagant que certains ont dépeint, mais un homme qui, dans sa conversation, témoignait d'un jugement prudent et sain. Parfois, mais uniquement avec les personnes ayant toute sa confiance, ce qui fut mon cas, il se libérait d'une certaine retenue et se répandait en invectives véhémentes contre son entourage. Pareil comportement préfigurait les abîmes où devait un jour sombrer son intelligence.

Dans la vie courante, c'était un homme des plus ordinaires et des plus simples que j'aie connu. Il ne collectionnait rien — pas même des livres — et je ne décelai chez lui aucune monomanie. Sa clientèle, son foyer, ses travaux littéraires étaient ses seules occupations. Lorsqu'il se fixa dans la ville, il avait femme et enfants, deux filles, l'une de huit ans, l'autre de dix. Il était arrivé précédé d'une très bonne réputation en tant que médecin. On laissait entendre cependant que ses bizarreries l'avaient contraint à quitter sa ville natale pour s'installer dans la ville où je l'ai connu. Au dire des médecins, ses confrères, sa plus grande originalité était de ne jamais traiter de la médecine, bien qu'excellant dans sa profession, très au courant des sciences médicales et biologiques, et écrivant beaucoup. À ce sujet, et avec le style violent qui lui était particulier, il me tint ce propos : « Pourquoi ces imbéciles veulent-ils que j'écrive sur ma spécialité ? J'ai étudié la médecine pour soigner les malades et gagner mon pain en les soignant. Je les soigne ? Oui ! Alors, qu'ils me fichent la paix avec leurs idioties et cessent de s'occuper de ce qui ne les regarde pas. Je gagne ma vie le plus consciencieusement possible et je n'ai pas à tenir compte des discours de ces brutes. Vous ne sauriez imaginer quelle profondeur insondable de pauvreté intellectuelle représente cette insistance d'une foule de gens ayant la prétention d'enfermer chacun de nous dans sa spécialité. Pour ma part, je trouve les plus grands avantages à gagner mon pain avec une profession qui me permet de me livrer à une autre activité. Rappelez-vous les invectives si justifiées de Schopenhauer contre les philosophes "de cabinet". »

Peu de temps après son arrivée dans la ville, et alors qu'il avait déjà commencé à se faire une clientèle plus qu'ordinaire et à acquérir la réputation de médecin sérieux, soigneux, attentif et heureux, il publia dans un hebdomadaire de la localité son premier conte, un conte à mi-chemin entre le fantastique et le comique, sans descriptions, ni moralité. Deux jours après, je le rencontrai, très contrarié, et lui demandai ce qui était arrivé.

— Croyez-vous, me répondit-il, que je pourrai résister longtemps à la pression de la bêtise qui m'entoure ? C'est la même chose que dans ma ville natale, tout à fait la même chose. La même chose ici, où je finirai par avoir la réputation d'un original et d'un fou, moi qui suis un prodige de bon sens. Puis mes malades me quitteront, je perdrai ma clientèle, et viendront des jours de misère, de désespoir, de dégoût et de colère. Je devrai partir encore une fois, comme j'ai déjà dû abandonner ma ville natale.

— Mais que s'est-il donc passé ?

— Ce qui m'est arrivé ? Simplement que cinq personnes m'ont abordé pour me demander ce que je me proposais en écrivant ce conte, ce que je voulais exprimer et quelle en était la portée. Imbéciles, imbéciles, triples imbéciles ! Ils sont pires que les gosses qui cassent leurs poupées pour voir ce qu'il y a dedans. Ce pays n'est d'aucune ressource, mon ami. Il est irrémédiablement condamné au sérieux et à la bêtise, qui sont frères jumeaux... Tous, ici, ont des âmes de cuistres. Ils ne conçoivent pas qu'on puisse écrire autrement que pour prouver, défendre ou attaquer une idée, ou avec une arrière-pensée. À l'un de ces niais qui m'interrogeait sur le sens de mon conte, je répliquai : « Vous a-t-il amusé ? » et comme il me répondait : « Pour m'amuser, je me suis amusé ; la chose n'est pas sans un certain mérite ; mais... », je lui tournai le dos, le laissant pantois.

— Mais..., me risquai-je à commencer.

— Voyons, ne me la faites pas aussi ; j'en rougis. Laissons cela. Le didactisme est la plaie qui infecte notre littérature. Partout des homélies, et de mauvaise qualité ! Chacun veut donner des conseils et le fait sans vergogne. J'ai ouvert une seule fois *L'Épître morale à Fabius* et je n'ai pu poursuivre ma lecture au-delà des trois premiers vers : cela ne passait pas. Cette engeance est dépourvue d'imagination et, par cela même, ses folies sombrent dans la bêtise. C'est une caste d'huîtres, n'en doutez pas, des huîtres, des huîtres, rien que des huîtres. Des êtres terre à terre. Je vis au milieu de tubercules humains, et ils ne sortent même pas de terre.

Incorrigible, il publia cependant un autre conte, encore plus fantastique et plus humoristique que le premier, et je me rappelle qu'un de ses clients, le brave Fernández Gómez, m'en parla.

— Alors, monsieur, me dit-il, je ne sais plus que faire après ces contes de mon médecin.

— Et pourquoi ?

— Parce qu'il me paraît dangereux de me mettre entre les mains d'un homme qui publie de pareilles choses.

— Mais ne vous soigne-t-il pas bien ?

— Oh ! certainement oui. Je n'ai aucune plainte à formuler. Depuis que je me suis confié à lui, vais à sa consultation et suis ses prescriptions, je me porte bien mieux et je constate chaque jour une amélioration. Mais… ces écrits… cet homme ne doit pas avoir la tête bien solide… c'est une marmite de grillons…

— N'y faites pas attention, don Servando ; je le fréquente beaucoup, comme vous le savez, et je n'ai rien remarqué. C'est un homme très sensé.

— Le fait est qu'il vous répond toujours de façon pertinente et que ses propos sont toujours très raisonnables ; mais…

— Voyez-vous, je préfère être opéré par un homme qui m'observe et m'ausculte soigneusement, par un homme qui dit des folies (et ce n'est pas le cas), que par un bonhomme, bien raisonnable, bourré de sentences, qui me massacre et me démolit la carcasse.

— Mais oui… mais oui… mais…

Le lendemain, je questionnai le docteur Montarco sur Fernández Gómez, et il me dit :

— C'est un imbécile constitutionnel !

— Comment ?

— Un imbécile de par sa complexion physiologique, *a nativitate*, incurable.

— Alors, un parfait imbécile.

— Peut-être… le naturel et l'absolu se confondent. Ce n'est pas comme en politique.

— Il prétend que votre tête est un véritable nid de grillons…

— Et la sienne, comme celle de ses congénères, un nid de cloportes, de ces grillons qui ne chantent pas. Les miens, au moins, chantent mal ou bien.

À quelque temps de là, le docteur publia un troisième conte, encore plus agressif et plus humoristique, farci d'invectives et de moqueries mal dissimulées.

— Je ne sais si vous devez publier cela, lui fis-je remarquer.

— Mais certainement ! Je dois m'en délivrer.

Si je n'écris pas ces horreurs, je finirai par les commettre. Je sais ce que je fais.

— Il y aura des gens pour dire que cela ne convient pas à un homme de votre âge, de votre situation, de votre profession, lui répondis-je pour le sonder.

Et, en effet, il sursauta en s'exclamant :

— Je vous l'ai dit et redit plus de mille fois. Je serai contraint de quitter cette ville ou de mourir de faim, ou ils me rendront fou, ou tout ensemble. Oui, tout ensemble : partir, devenir fou, mourir de faim. Ma situation ! Qu'est-ce que ces imbéciles entendent par situation ? Croyez-moi, en Espagne on est toujours à vous habiller d'un maroquin épais et de mauvaise qualité, alors qu'un brochage serait suffisant. Nous n'en sortirons pas tant que le président du Conseil des ministres n'écrira pas un volume d'épigrammes ou de contes pour les enfants, voire une saynète, alors qu'il est président. On dira qu'il risque ainsi son prestige. Et autrement, c'est notre développement que nous risquons. Quels sinistres imbéciles nous sommes !

Ainsi, poussé par un instinct fatal, le docteur Montarco entra en conflit avec l'opinion de la ville où il vivait et travaillait. Il s'efforçait d'être consciencieux et précis dans l'accomplissement de ses devoirs professionnels, civiques et domestiques. Il portait un soin attentif à ses clients, très compréhensif pour leurs soucis. Son accueil était affable, il n'était jamais impoli, parlant à chacun de ce qui était susceptible de l'intéresser, en s'efforçant de lui être agréable. Dans sa vie privée, il ne cessait d'être un époux et un père exemplaires. Mais ses contes, ses récits, ses fantaisies étaient, à ce qu'on disait, de plus en plus extravagants, bien au-delà de ce qui était supportable. Sa clientèle l'abandonnait, le vide se faisait autour de lui et, de ce fait, son irritation, mal contenue, s'exacerbait.

Mais il y eut autre chose de plus grave. Une rumeur maligne prit corps, allant en simplifiant à son détriment : on l'accusait d'être orgueilleux. Sans motif valable, on commença à insinuer que le docteur Montarco était un être plein de superbe, un homme qui ne pensait qu'à lui, se croyait un génie et considérait les autres hommes comme de pauvres diables incapables de le comprendre. Je le lui rapportai et, au lieu de se lancer, comme je le pensais, dans une de ses diatribes coutumières, il me répondit tranquillement :

— Moi, un orgueilleux ? Seuls les imbéciles sont des orgueilleux véritables, et je ne crois pas être un imbécile. Ma bêtise ne va pas si loin. Orgueilleux ? Que ne pouvons-nous nous pencher sur la conscience de nos semblables pour en sonder les profondeurs ! Je n'ignore pas qu'on me tient pour un être méprisant ses semblables, mais on se trompe. Il est vrai que je n'ai pas d'eux la même opinion qu'ils professent à leur égard. Et puis, si je me risque à vous découvrir le fond de mon cœur, où pourrait-on trouver cet orgueil, cet appétit de puissance et autres chansons ? Non, mon ami, non ! L'homme qui essaie de s'élever au-dessus des autres est un homme qui cherche à se sauver ; celui qui tente de précipiter dans l'oubli la mémoire des autres est celui qui prétend à ce que son propre nom se perpétue dans la mémoire des hommes, car vous savez bien que les mailles du crible de la postérité sont très serrées. Mais avez-vous jamais regardé un attrape-mouches ?

— Qu'est cela ? demandai-je.

— Une de ces bouteilles à eau qu'on utilise pour se débarrasser des mouches. Les malheureuses essaient de se sauver et, comme elles n'ont pas d'autre moyen que de grimper les unes sur les autres et de voguer sur un cadavre dans ces eaux stagnantes de la mort, c'est une lutte féroce à qui montera sur le dos des autres. On ne cherche pas à noyer son partenaire, mais à surnager. Et c'est là la lutte pour la renommée, mille fois plus terrible que la lutte pour le pain.

— C'est, ajoutai-je, la lutte pour la vie. Darwin...

— Darwin ? coupa-t-il. Connaissez-vous l'ouvrage *Problèmes biologiques*, de Rolph ?

— Non.

— Alors, lisez-le. Lisez-le, et vous constaterez que ce n'est pas l'augmentation et la prolifération des êtres vivants qui les poussent à la recherche d'un surplus de nourriture et, par conséquent, à entrer en lutte, mais bien une impulsion à acquérir toujours plus de nourriture, à aller au-delà du nécessaire, qui les conduit à croître et à se multiplier. Ce n'est pas un instinct de conservation qui nous incite au travail, mais un instinct d'invasion. Nous ne cherchons pas à nous conserver, mais à être plus, à être tout. Cela représente, pour me servir de la forte expression du père Alfonso Rodriguez, ce grand classique, un « appétit de divinité » : oui, un appétit de divinité. « Vous serez comme des dieux ! » aurait dit le démon pour tenter nos premiers parents. Quiconque n'éprouve pas le désir de s'élever ne sera rien. Ou tout ou rien ! Quelle profondeur dans ces mots ! Voyons ce que nous dirait la raison, cette grande trompeuse, qui, pour la consolation de ceux qui n'ont pas réussi, a inventé le juste milieu, l'*aurea mediocritas*, le « ni jaloux ni envieux » et autres niaiseries de ce genre ; voyez ce que dirait la raison, cette grande entremetteuse, au plus profond de notre être, ce qu'on appelle aujourd'hui l'Inconscient (avec un grand I) ; elle nous enseigne que, pour ne pas arriver trop tard ou trop tôt à n'être rien, le chemin le plus court est de tenter d'être tout.

« La lutte pour la vie ou, mieux, pour la survie, est l'offensive et non la défensive ; c'est ce qu'affirme Rolph. Moi, mon ami, je ne me défends jamais, j'attaque. Je n'ai pas besoin d'un bouclier qui m'embarrasserait, je ne veux qu'une épée. Je préfère donner cinquante coups et en recevoir dix, plutôt qu'en donner dix et n'en recevoir aucun. Attaquer, attaquer, et ne jamais se défendre. Qu'on dise de moi ce qu'on voudra, je ne l'entendrai pas, je n'y prêterai même pas attention. Je me bouche les oreilles. Et si, malgré cette précaution, ce qu'on raconte de moi arrive jusqu'à elles, je ne réponds pas. Si nous avions des siècles devant nous, je commencerais par les convaincre qu'ils sont tous des imbéciles, mais voyez si cela est difficile, ils me prouveraient que je suis un fou ou un orgueilleux.

— Mais c'est là un système nettement offensif, ami Montarco.

— Oui, m'interrompit-il, mais il a sa faille et n'est pas sans être très périlleux. Le jour où le bras viendra à flancher, ou l'épée à s'ébrécher, ils me mettront bas, me piétineront et me réduiront en poussière. Mais auparavant ils auront obtenu ce qu'ils cherchent, ils m'auront rendu fou.

C'est ce qui arriva. Je commençai à m'en rendre compte au moment où il se mit à tenir continuellement de tels propos et à tonner contre la raison. Ils finirent par le rendre fou.

Tout en poursuivant la publication de ses écrits, si différents de ce qu'on trouve normalement en Espagne, il continuait à mener le même genre de vie régulier. La clientèle s'éloigna et la gêne frappa bientôt à sa porte. Pour comble de malheur dans la république des lettres, son nom s'oubliait, pas une revue, pas un journal n'accueillait ses travaux. Tout cela eut pour conséquence la prise en charge de sa femme et de ses enfants par quelques-uns de ses amis et, son agressivité de langage s'accentuant, son internement dans une maison de santé.

Je me souviens comme si c'était hier de ma première visite à la clinique où il était interné. Le directeur, le docteur Atienza, avait été son condisciple et lui portait une grande affection.

— Il est plus tranquille et moins agité que ces derniers jours. Il lit un tout petit peu, j'estime, en effet, contre-indiqué de le priver entièrement de lecture. Il lit le plus souvent *Don Quichotte* et si vous prenez son exemplaire, l'ouvrant au hasard, il est presque certain que vous tomberez sur le chapitre XXXII de la IIe partie, traitant de la réponse de don Quichotte à son critique, ce grave ecclésiastique qui, à la table des Ducs, adresse des reproches véhéments au Chevalier errant. Allons près de lui, si vous voulez.

— Je suis heureux que vous soyez venu me voir, s'exclama-t-il à mon arrivée, en levant les yeux de son *Don Quichotte*, vraiment heureux. Je me demandais si, contrairement aux paroles du Christ au verset 22 du chapitre V de saint Matthieu, nous sommes autorisés à nous servir d'une arme prohibée.

— Et quelle est cette arme ?

— « Celui qui traite son frère de faible d'esprit est condamné au feu éternel. » Voyez, voyez, quelle terrible sentence ! Il ne dit pas celui qui traite son prochain d'assassin, de voleur, de bandit, d'escroc, de couard, de fils de chienne, de mari complaisant, de libéral, non ! mais celui qu'il appelle faible d'esprit. C'est cela l'arme prohibée. On peut tout mettre en doute, non l'esprit, la pénétration et le bon sens du prochain. Et quelle qualité peut avoir un homme pour juger ? Il y eut des papes qui se donnaient pour latinistes et qui auraient été moins offensés d'être considérés comme des hérétiques que d'être accusés de faire des solécismes en écrivant le latin ; de graves cardinaux mettant leur point d'honneur à passer pour des puristes, plutôt que pour de bons chrétiens, et pour lesquels l'orthodoxie n'est qu'une simple conséquence de la pureté du style. L'arme prohibée ! l'arme prohibée ! Passons à la comédie politique : on se reproche les plus sales affaires, on s'accuse à mots couverts des fautes les plus graves ; mais on se garde bien de se traiter d'éloquent, d'habile, de bien ou mal intentionné, de talentueux... « Celui qui traite son prochain de faible d'esprit est livré aux flammes éternelles. » Et pourtant savent-ils pourquoi le progrès reste toujours en retard ?

— Pourquoi faire intervenir la tradition ? me risquai-je à lui dire.

— Non, non, simplement parce qu'il est impossible de convaincre les faibles d'esprit qu'ils le sont. Le jour où ces gens-là — c'est-à-dire tous les hommes — auront pris conscience de cette vérité, le progrès touchera à sa fin. L'homme est faible d'esprit de naissance... mais celui qui traite son prochain de faible d'esprit est voué au feu éternel. Et ce grave ecclésiastique condamne à cette même géhenne « ceux qui ont la charge de la maison des princes ; ceux qui n'étant pas nés princes sont incapables de montrer comment doivent être ceux qui sont princes de naissance ; ceux qui veulent que la grandeur marche de pair avec la bassesse de leurs âmes ; ceux qui, voulant prouver aux gouvernants les limites de leur pouvoir, en font des misérables... ».

— Vous voyez, me dit tout bas le docteur Atienza, il sait par cœur les chapitres XXXI et XXXII de la IIe partie de notre livre.

— Il se voue lui-même au feu éternel, poursuivit le pauvre fou, ce grave religieux qui, avec les Ducs, alla recevoir don Quichotte, s'assit à la même table en face de lui. Puis, gonflé de rancune, d'envie et de bêtise, de toutes les basses passions, couvertes sous le manteau du bon sens et du jugement le plus sûr, menace le Duc d'avoir à rendre compte à Notre-Seigneur de ce qu'il faisait pour ce brave homme... Il appelle « Don Quichotte » ce *brave homme*, cet ecclésiastique sérieux et borné ; puis monsieur le Nigaud ! monsieur le Nigaud ! le plus grand fou que connurent les siècles. Voué aux flammes éternelles ! Et il est en enfer.

— Peut-être seulement au purgatoire, tant est infinie la miséricorde divine, me risquai-je à dire.

— Mais le péché du grave ecclésiastique, incarnation de l'Espagne, rien que de l'Espagne, est énorme, terriblement énorme. Ce digne homme, naïve incarnation de cette partie de notre peuple qui se dit cultivée, ce cuistre insupportable qui, boudeur, quitta la table en traitant de niais son maître, celui qui le nourrissait, je crois sans aucune utilité, et sur ces paroles : « Voyez donc s'ils ne sont pas tous fous, puisque les sages canonisent leurs folies. Que Votre Excellence reste avec eux, quant à moi, tant qu'ils seront chez vous, je resterai chez moi et me dispenserai de reprendre ce que je ne puis corriger. » Ayant ainsi parlé, « sans un mot de plus, sans toucher aux plats, il sortit ». Il est parti, mais pas tout à fait. Il rôde par là, délivrant des brevets de bon sens et de sagesse. C'est terrible, terrible ! Publiquement, on qualifie don Quichotte de « fou sublime », et d'autres titres encore ; mais, en soi-même et en secret, on le nomme « monsieur le Nigaud ». Et voyez encore, don Quichotte, en quête d'un empire, l'empire de la renommée, abandonnant à Sancho Pança le gouvernement de l'Île. Et que resta-t-il à ce pauvre « monsieur le Nigaud » ? Pas même un ministère ! Après tout, pourquoi Dieu a-t-il créé le monde ? Pour sa gloire, dit-on ; pour la manifester. Serions-nous moindres ? Orgueil ! orgueil ! orgueil ! Infernal orgueil ! proclament les impuissants. Qu'ils viennent, qu'ils viennent, tous ces graves personnages, gonflés de sens commun…

— Partons, me dit à voix basse le docteur Atienza, il s'excite.

Sous un prétexte quelconque, nous écourtâmes la visite et je pris congé de mon pauvre ami.

— Ils l'ont rendu fou, me dit le docteur dès que nous fûmes seuls, lui, un des hommes les plus sensés et les plus honnêtes que j'aie connus.

— Comment cela ?

— La principale différence entre les fous et les gens normaux, me répondit-il, est que ceux-ci, bien que pouvant rêver à des folies, ne sont pas véritablement des fous, car alors ils ne les pensent vraiment pas. Je veux dire que, tout en les éprouvant, ils ne les expriment pas et les extériorisent encore moins. Quant aux autres, ceux que nous appelons les fous, ils sont dépourvus de tout pouvoir d'inhibition et incapables de se dominer. Qui, à moins d'être dépourvu de toute imagination, n'a jamais eu son grain de folie ? Il a su se dominer et, s'il en fut incapable, c'est un fou ou un génie, plus ou moins grand, selon le caractère de sa propre folie. Il est trop facile de parler d'illusion. Croyez-moi, une illusion qui pousse à l'action, qui est capable de contribuer au maintien ou au développement de l'activité vitale, est une action aussi véritable que celle que peuvent enregistrer, avec la plus grande précision possible, tous ces appareils scientifiques qu'on a inventés. Cette réserve nécessaire de folie, appelons-la ainsi, est indispensable pour qu'il y ait progrès. Ce déséquilibre, sans lequel tout notre univers spirituel serait conduit à un sommeil total, c'est-à-dire à la mort, doit servir d'une façon ou d'une autre. Ce pauvre docteur Montarco l'a utilisé pour ces étranges récits, ses contes et rêveries. S'en débarrassant ainsi, il a pu mener une existence aussi bien réglée que raisonnable. Et vraiment, ces contes…

— Ah ! l'interrompis-je, ils sont tellement suggestifs, si remplis d'aperçus surprenants ! Je les lis et relis, car j'ai en horreur l'auteur qui me raconte ce que je pense moi-même. Je ne cesse de relire ces contes, sans descriptions ni moralité. Je me propose d'écrire une étude à leur sujet, et je nourris l'espoir qu'une fois le public mis sur la voie il pourra finir par y trouver ce qu'aujourd'hui je n'ai pas été capable de relever. Le public n'est pas aussi imperméable et aussi indifférent que nous le croyons ; ce qu'il veut, au vrai, c'est qu'on lui fournisse un aliment tout préparé qu'il n'ait plus qu'à avaler. Tous ces gens rassasiés doivent gagner leur vie, et ils n'ont pas le temps de remâcher un aliment qu'ils savent indigeste quand ils le mettent en bouche. Le rôle des critiques est de mettre en selle des écrivains comme le docteur Montarco, dont on n'a retenu que la lettre et non l'esprit.

— Mais vous savez bien qu'ils tombent dans le vide, reprit le docteur. Leur originalité même, qui, dans d'autres pays, leur aurait procuré une large audience, épouvante nos lecteurs. À chaque pas, et devant la chose la plus simple, ces gens qui ont une indigestion de didactisme se demandent : « Et là, que veut dire cet homme ? » Vous savez ce qui est arrivé : sa clientèle l'a quitté bien qu'il la soignât admirablement ; on finit par le dire fou, malgré la régularité de sa vie ; on lui prêta des passions dont, malgré les apparences, il était incapable ; on boycotta ses écrits ; la misère frappa à sa porte et il fut contraint d'exprimer et de faire les folies qu'auparavant il transposait dans ses écrits.

— Des folies ?

— Non, ce n'étaient pas des folies, vous avez raison, ce n'étaient pas des folies, mais à la fin ce furent des folies. Moi qui le lis depuis qu'il est dans cette maison, je comprends que l'erreur fut de vouloir chercher un écrivain de l'idéal chez un homme qui, comme ce malheureux, ne l'était pas. Ses idées étaient un prétexte, une matière première qui, dans son œuvre, ont autant d'importance que les terres dont Vélasquez tirait les couleurs de sa peinture, ou la matière de la pierre dans laquelle Michel-Ange tailla son *Moïse.* Que penseriez-vous de celui qui, pour juger la *Vénus de Milo,* ferait, microscope et réactifs en main, une analyse complète du marbre dans lequel elle est sculptée ? Les idées ne sont que la matière première des œuvres de philosophie, d'art ou de polémique.

— Ce fut toujours mon opinion, lui dis-je, mais je constate que c'est là une des théories qui rencontrent chez nous le plus d'opposition. Une fois, lors d'une partie d'échecs, j'assistai au drame le plus intime qu'il me fut donné de contempler. Ce fut terrible. Les joueurs ne faisaient d'autres gestes que de déplacer les pions sur les cases selon les règles du jeu, et vous ne pouvez imaginer quelle tension d'esprit, quelle dépense d'énergie vitale, quelle passion cela pouvait signifier. Ceux qui s'intéressaient uniquement aux péripéties du jeu croyaient assister à une simple partie, car les deux partenaires étaient des joueurs médiocres. Mais, pour ma part, toute mon attention se portait sur la façon dont ils s'emparaient des pions et les disposaient sur l'échiquier, sur le silence profond et la physionomie des partenaires. Ce fut certainement une partie des plus médiocres et des plus ordinaires qui ne se termina pas par un mat, rien d'extraordinaire. Ah ! si vous aviez pu voir comment, après avoir saisi à pleines mains le cavalier, il le posa en frappant sur l'échiquier et de quel ton il laissa échapper ce mot : échec. Et ces deux hommes passaient pour des joueurs ordinaires ! ordinaires ! Morphi et Philidor devaient être bien différents ! Pauvre Montarco !

— Oui. Pauvre Montarco ! Aujourd'hui, vous n'avez entendu de lui que des propos raisonnables. Rarement, très rarement, il s'égare complètement et, quand cela lui arrive, il se transforme en un personnage grotesque qu'il nomme le conseiller intime Herr Schmarotzender. Il met alors une perruque, monte sur une chaise et déclame des discours pleins d'esprit, où palpitent les aspirations éternelles de l'humanité, puis, en descendant de sa chaise, il me lance en conclusion : « N'est-il pas, ami Atienza, beaucoup de vrai au fond de toutes ces folies du pauvre conseiller intime Herr Schmarotzender ! » À la vérité, j'ai bien souvent pensé à tout ce qu'il y a de juste dans ces sentiments de vénération et de respect qui entourent les fous dans certains pays.

— Mais, mon cher, il me semble que vous devriez abandonner la direction de cette maison.

— N'ayez crainte, mon ami. Si je ne crois pas que pour ces malheureux se déchire le voile qui nous dissimule un monde supérieur, je pense qu'ils expriment ce que nous pensons tous, mais que, par honte ou pudeur, nous ne nous risquons pas à exprimer. La raison est une force de conservation acquise dans notre lutte pour la vie, utile pour la conservation et l'affirmation de notre existence. Nous autres connaissons seulement ce qui nous fait défaut pour pouvoir vivre. Mais qui vous dit que l'anxiété jamais assouvie de survivre ne traduit pas la présence d'un autre monde qui enveloppe et supporte le nôtre, et qu'une fois les chaînes de la raison rompues ces délires ne représentent pas les assauts désespérés de l'esprit pour atteindre cet autre monde ?

— Il me semble, et vous me pardonnerez la rudesse de mon propos, qu'au lieu de donner vos soins au docteur Montarco, c'est lui qui vous soigne. Les discours du conseiller intime vous impressionnent.

— Qu'en sais-je moi-même ? Je puis seulement vous assurer que chaque jour me confine dans cette maison, préférant soigner les fous que subir le contact des imbéciles, bien que le pire est de trouver des fous qui sont aussi des imbéciles. Aujourd'hui je me consacre tout particulièrement au docteur Montarco. Pauvre Montarco !

— Pauvre Espagne ! dis-je en lui serrant la main, et nous nous séparâmes.

Le docteur Montarco resta peu de temps à la maison de santé. Une tristesse profonde, une sombre atonie s'emparèrent du malheureux, et il sombra dans un silence obstiné, dont il ne sortait que pour soupirer : « Tout ou rien... tout ou rien... tout ou rien... » Son mal alla en s'aggravant et il finit par mourir.

Après sa mort, en faisant l'inventaire du tiroir de sa table, on découvrit un manuscrit volumineux ayant pour titre :

TOUT OU RIEN

et cette suscription :

(Je demande qu'après ma mort
on brûle ce manuscrit sans le lire.)

J'ignore si le docteur Atienza a résisté ou non à la tentation de lire, et si, accomplissant la dernière volonté du pauvre fou, il a brûlé le manuscrit.

Pauvre docteur Montarco ! Qu'il repose en paix, car il l'a bien mérité.

L'OMBRE SANS CORPS[1]

Fragment d'un roman en préparation.

Le mystère entourant le suicide de mon père ne cessait, comme je l'ai dit, de me tourmenter. Ce mystère recouvrait pour moi celui de ma propre vie et même de mon existence. « Pourquoi et dans quel but suis-je venu au monde ? » C'était la question que je ne cessais de me poser et, si je n'en ai pas fini avec la vie, si je ne me suis pas suicidé, c'est que j'espérais obtenir de ma mère, à l'insu de mon père, la solution du problème de ma propre vie.

Je me serais moi-même jugé et condamné, puis j'aurais exécuté personnellement la sentence, s'il m'avait été permis d'instruire ma propre cause, jouant ainsi le rôle de condamné, de juge et de bourreau. Mais mon procès devait s'ouvrir par l'enquête sur le suicide de mon père, indispen-

1. Publié dans *Caras y Caretas,* Buenos Aires, 16 juillet 1921.

sable pour justifier le mien, or je n'avais pu arracher une seule parole à ma pauvre mère, toujours sous l'emprise de celui qui avait fait disparaître de la maison toute trace susceptible de rappeler le souvenir de son ancien maître.

C'est alors que me tomba sous la main la nouvelle stupéfiante d'Adelbert de Chamisso intitulée *La Merveilleuse Histoire de Peter Schlemihl*, l'homme sans ombre, l'homme qui a perdu son ombre en échange de la bourse de Fortunio, l'homme à l'habit gris, ou le Diable. Le pauvre Schlemihl, on le sait, fut incapable d'utiliser la bourse, tous fuyant son approche en le voyant privé de son ombre et, comme il devait fuir la lumière, le Diable en profita pour lui proposer l'échange de son ombre pour son âme, tractation que refusa Schlemihl, comme le fait connaître la merveilleuse nouvelle de Chamisso.

La lecture de cette œuvre, vraiment classique, me produisit une impression inexplicable. Mais ce qui m'intriguait, ce n'était pas la mort de Peter Schlemihl, mais la disparition de son ombre. Quand l'infortuné souscrivit au premier traité avec l'homme en gris, celui-ci s'agenouilla dans l'herbe devant lui et, avec une merveilleuse dextérité, lui arracha son ombre de la tête aux pieds, la ramassa, la plia et s'en empara. Je me demandais ce qu'il fit ensuite de cette ombre. Je pensais qu'il ne la conserva pas en poche, dans l'espoir que Schlemihl, devant les conséquences d'une vie sans son ombre, ne tarderait pas à lui demander de rompre le traité et de lui redonner la bourse en échange de son âme, si toutefois il n'avait pas rendu la liberté à cette ombre qui désormais erre par le monde. Je m'imaginais que si nous rencontrions un homme privé de son ombre, cela ne nous paraîtrait pas plus extraordinaire qu'aux condamnés du Purgatoire de Dante de voir celui-ci avec son ombre. Mais nous serions saisis d'épouvante, d'une épouvante réelle, si nous nous rencontrions sur les chemins de la vie avec l'ombre d'un homme sans corps. Dans un passage de la nouvelle de Chamisso, Schlemihl se trouve en présence de l'ombre d'un homme invisible et lutte avec lui pour la lui enlever. Mais ce n'est pas là ce que j'imaginais.

Je me figurais voir passer sur des routes, des rues, des places, une ombre mystérieuse, tantôt s'allongeant de l'aube au crépuscule, tantôt se ramassant au milieu du jour, un bras s'étirant et se contractant, grimpant sur un mur, se rencontrant avec d'autres ombres, mais celles-ci appartenant à des objets inanimés… À son approche, même les animaux fuyaient, épouvantés. Je me figurais que même le fauve le plus intrépide s'enfuirait terrorisé en voyant s'avancer l'ombre d'un homme sans corps. Quelle ne serait pas notre surprise de découvrir l'ombre d'un nuage dans un ciel sans nuages, éclatant de tout son azur. J'imaginais une scène tragique se déroulant dans une rue où, en plein soleil, se rencontreraient un aveugle marchant à tâtons et l'ombre d'un homme sans corps. Les spectateurs atterrés attendraient la rencontre des deux ombres, puis leur confusion, et l'aveugle passerait sans avoir rien éprouvé.

Je n'étais pas sans me demander aussi si l'on se préoccuperait de déterminer si l'ombre de l'homme était bien une ombre humaine et — plus tard, bien entendu — d'étudier cette ombre, puis ses propres ombres, afin de préciser la nature de cet homme invisible qui projetait cette ombre. Il ne manquera d'ailleurs pas de pédants pour appliquer la géométrie descriptive à l'examen de ce mystère angoissant.

Je me mis alors à songer à l'ombre de Peter Schlemihl vaguant à travers le monde en quête de son corps, du corps de Schlemihl, et à celui-ci, lancé de son côté à la poursuite de son ombre. J'en arrivai à cette conclusion que nous ne sommes peut-être tous que des ombres à la recherche de nos corps et qu'il existerait un autre monde où nos corps sont à notre recherche… J'en vins alors à penser que cette hantise du suicide qui me tourmentait ne serait autre que le désir de rencontrer mon père, qui était le corps dont je n'étais que l'ombre.

J'eus alors l'intuition que le monde où vécut mon père n'était qu'un monde d'ombre, un monde où tout n'était qu'ombre, je ne pouvais me confondre avec ce qui n'était qu'une ombre et ne rencontrerais personne, car comment celui qui n'est rien pourrait-il rencontrer le néant ? Pendant ces quelques jours, je m'enfermai à la maison, y fuyant même la lumière. J'étais épouvanté à la pensée de voir ma propre ombre, ombre d'une ombre. Un après-midi, sans avoir pu l'éviter, j'aperçus l'ombre de ma tête projetée sur le mur, à la place où l'autre avait décroché un portrait de mon père. Je crus que ma tête se vidait et j'appris alors ce que pouvait être la terreur au plus profond de l'être.

LES FRANÇAIS ET NOUS[1]

Divagations.

On sait que nos voisins, les Français, sont incorrigibles quand ils s'occupent de nous. Pour eux, parler de l'Espagne, c'est mettre les pieds dans le plat.

Parmi les témoignages innombrables à l'appui de cette assertion, je livre au lecteur la traduction au pied de la lettre de ce conte qu'un auteur français donne pour particulièrement caractéristique de l'Espagne. Le voilà :

Don Pérez était un noble castillan, voué corps et âme à la science et que ses compatriotes tenaient pour entièrement dépourvu de vanité.

Il passait ses nuits et ses jours absorbé dans l'étude d'un important problème de chimie qui, pour le profit et la gloire de sa chère Espagne, devait le conduire à la découverte d'un explosif

1. Publié dans *El Nerviôn*, Bilbao, 28 février 1893.

nouveau appelé à rendre inutilisables tous ceux inventés avant lui.

Le lecteur qui se figurerait que notre don Pérez ne sortait jamais de son laboratoire, manipulant cornues, alambics, creusets, réactifs et précipités, prouve qu'il est bien mal informé des choses de l'Espagne.

Un véritable Espagnol ne saurait s'abaisser à des manèges de droguiste, pas plus qu'à envisager d'une façon aussi terre à terre la prééminence de la science. L'Espagne ne fut-elle pas une pépinière de théologiens ?

Don Pérez passait ses « heures mortes », comme disent les Espagnols, devant un tableau noir, à se torturer les méninges et à tracer formules sur formules. Il n'aurait jamais consenti à entacher ses recherches des bassesses de la réalité. Il n'oubliait pas l'aventure de don Quichotte lapidé par des galériens infâmes[1] et n'acceptait pas qu'on puisse ainsi se conduire avec lui. Il abandonnait aux Sancho Pança de la science le tablier et le laboratoire et se réservait l'exploration de la caverne de Montesinos[2].

Pareille méthode est bonne pour les gens arriérés vivant dans les ténèbres et n'étant pas nés,

1. *Don Quichotte*, Ire partie, chap. XXII.
2. *Ibid.*, IIe partie, chap. XXIII.

comme l'immense majorité des Espagnols, en possession de la vérité pure ou l'ayant perdue par leur orgueil.

Après tant d'efforts, don Pérez découvrit la formule tant souhaitée et le jour où elle fut rendue publique fut, pour toute l'Espagne, un jour de profonde allégresse. On pavoisa, on lança des fusées, on sortit les géants et, surtout, il y eut des courses de taureaux. Des fanfares défilèrent joyeusement dans les rues, aux sons de l'hymne de Riego.

Les Cortès décidèrent de couronner de laurier, au Capitole de Madrid, don Pérez, qui ferait sauter le rocher de Gibraltar avec tous ses Anglais, ou pour le moins la grande montagne du Retiro de Madrid.

Dans les villages, les boutiques de cordonniers et de barbiers s'ornaient des portraits de don Pérez et, dans de très nombreux foyers, on trouvait les numéros de *La Lidia* donnant le portrait de don Pérez voisinant tantôt avec celui de Ruiz Zorrilla, tantôt avec celui du prétendant don Carlos. Un nouvel anis fut baptisé du nom d'« Anis explosif Pérez ».

Il ne manqua cependant pas de Sanchos et d'envieux sournois pour jeter de l'eau sur l'enthousiasme populaire, mais dès que les journaux eurent publié les articles de l'éminent géomètre don López et du non moins éminent théologien don Rodríguez, rompant des lances en faveur du nouvel explosif, les mécontents s'enfermèrent dans le silence et une sourde opposition.

Vint le jour des essais. Tout était prêt pour faire sauter une petite colline, située dans les plaines de la Manche, et il ne manqua pas de fanatiques pour mettre avec Pérez le feu à la mèche.

Lorsque celle-ci commença à brûler, un formidable *ole ! ole !* jaillit de la multitude qui de loin assistait aux essais. Des spectateurs pâlirent.

Quand se produisit l'explosion, on entendit un bruit semblable à un coup de tonnerre, une immense colonne de fumée s'éleva et, quand elle se dissipa, apparut, auréolée de gloire, la figure de don Pérez. La foule l'acclama frénétiquement, poussa des vivats en l'honneur de sa mère et de son nom de baptême, et le porta en triomphe, tout comme, dans l'arène, *Frascuelo* venant de tuer son taureau suivant toutes les règles de la métaphysique tauromachique. Partout on n'entendait que : *Ole !* Vive la glorieuse Espagne !

Les journaux profitèrent de cette occasion.

Les uns affirmaient que la colline avait été réduite en poussière ; d'autres relevaient les impacts causés par les jets de pierre lors de l'explosion. Mais, quelques jours plus tard, on assura que des bergers avaient vu la colline, toujours à sa même place. La nouvelle une fois confirmée, une grande indignation s'éleva dans le populaire.

Ce n'était pas possible ! La colline devait avoir été pulvérisée, les formules inscrites au tableau noir de don Pérez étaient infaillibles.

Une main étrangère avait dû mouiller l'explosif, la main d'un enchanteur malfaisant, ennemi de don Pérez et jaloux de sa renommée.

L'affaire se passant en Espagne, on savait bien quel pouvait être cet enchanteur : le Gouvernement.

Aux Cortès et dans les cafés, l'opinion publique se prononça contre lui, et les journaux mirent l'accent sur la conduite inconsidérée de ce malfaisant personnage qui s'obstinait à vivre en complet divorce avec l'opinion publique, si experte en chimie, comme elle l'est en Espagne, surtout depuis qu'elle a été instruite par l'éminent géomètre don López et le non moins éminent théologien don Rodríguez.

Dans cette campagne de presse, on fit intervenir Colomb, Cisneros, Michel Servet, les bataillons de l'infanterie des Flandres, le Salado, Lépante, Otumba et Wad-Ras, les théologiens du concile de Trente, le courage de l'infanterie espagnole qui rendit vaine la science du grand capitaine du siècle. Pour ce motif, on ne manqua pas d'attirer, une fois de plus, l'attention sur l'absence de patriotisme de ceux qui ne juraient que par l'étranger, alors que nous avions bien mieux chez nous, et on rappela le cas du pauvre don Fernández, mis à l'écart, inconnu dans son ingrate patrie, illustre hors de ses frontières et dont les ouvrages, acquis seulement par les collectivités, sont traduits dans toutes les langues savantes, y compris le japonais et le bas breton.

Le pauvre don Pérez, lâchement attaqué, se proposa de venger l'honneur de l'Espagne et, comme il avait l'intention, afin de démontrer l'efficacité de son explosif, de faire sauter le rocher de Gibraltar et de démasquer le Gouvernement, on le présenta à la députation aux Cortès.

Les Cortès sont une académie où se réunissent pour discuter tous les savants d'Espagne, assemblée qui, poursuivant les traditions glorieuses des conciles de Tolède, tient tantôt du congrès, tantôt du concile où s'élucident les problèmes théologiques, comme il arriva en 69.

Pendant que les amis de don Pérez présentaient sa candidature, l'éminent toréador Señorito, vivant exemple de l'association des armes et des lettres, sentit bouillir son sang et, en sortant d'une course de taureaux où il avait enthousiasmé le public en estoquant, avec une élégante philosophie, ses six taureaux, se rendit à un meeting où il prononça un discours éloquent en faveur de la candidature de don Pérez. Après un couplet en l'honneur de la patrie, Señorito déroula la muleta, fit une passe en l'honneur de l'Espagne, une autre « de poitrine » pour Gibraltar et ses Anglais, une troisième « de mérite » pour don Pérez, et soutint une discussion brillante, bien que quelque peu décousue, sur l'importance et le caractère de la chimie puis, pour terminer, conclut en donnant au Gouvernement une estocade jusqu'à la garde.

Le public hurlait : *Ole*, mon beau ! et réclamait pour lui l'oreille de l'animal, mêlant les noms de Pérez et de Señorito dans ses acclamations.

À cette réunion assistait aussi le grand organisateur de la publicité, le barnum, le très populaire impresario, don Carrascal qui avait l'intention d'emmener dans une *tournée* à travers l'Espagne le savant don Pérez, comme il l'avait déjà fait pour le grand poète national.

Le brave don Pérez se laissait faire, tiré de tous côtés par ses admirateurs et sans savoir ce qui en adviendrait.

Cependant ni l'éloquence tribunicienne du toréador Señorito, ni l'activité du superpopulaire Carrascal, ni l'appui du grand leader politique Encinas ne firent bouger le Gouvernement qui continua, selon sa coutume, à manger à deux râteliers et à rester sourd à la voix du peuple.

Et le rocher de Gibraltar est toujours debout avec ses Anglais !

Convenons que seul un Français est capable, après avoir accumulé un tel amas de sottises, en particulier celle de nous présenter un torero tribun, discourant en faveur de la candidature d'un savant, de présenter pareil conte comme caractérisant l'essence même de l'Espagne. Affaires de Français !

Mais, monsieur, quand nos voisins apprendront-ils à nous connaître pour le moins aussi bien que nous nous connaissons nous-mêmes ?

BERNARDINO ET ETELVINA

Bernardino, bien que célibataire, était un sociologue éminent, c'est là tout ce qu'on peut dire à son sujet. En sociologie, la spécialité de notre célibataire était le féminisme et il est évident que par là même il ne s'intéressait d'aucune façon aux jeunes filles en âge de se marier qui, toutes, fuyaient cet homme qui ne leur parlait que de leurs droits. Un féministe n'a rien d'un don Juan, car lorsqu'une femme l'entend discourir de l'émancipation féminine, elle pense aussitôt : « Il y a là quelque piège… Pourquoi voudrait-il nous émanciper ! »

Aussi le pauvre Bernardino, malgré sa sociologie — qui pourrait bien n'être qu'une fiche de consolation —, se désespérait, sans toutefois perdre sa foi en la femme, ou plutôt dans le féminisme. Ce qui le chagrinait le plus était de

1. Publié dans *Mercurio*, La Nouvelle-Orléans, mars 1916.

ne pouvoir obtenir des jeunes filles qu'elles l'appelassent tout simplement Bernardino. Non, inutile de le faire procéder du *don.* Ce *don* laisse supposer que la sociologie est une science sérieuse, si tant est qu'il y en ait. Il était l'auteur de plusieurs ouvrages consacrés à de non moins diverses théories, et il avait fait graver sur son papier à lettres :

BERNARDINO BERNÁRDEZ
Avocat et Sociologue
Auteur de L'Émancipation de la Femme.

Toute l'astuce était dans la titulature : « avocat sociologue, ou sociologue avocat », ou si l'on veut encore « avocat sociologique », ou « sociologiste avocat », mais avocat et sociologue. Sur ce papier à lettres à l'en-tête si savamment étudié, il écrivait ses déclarations d'amour, de préférence à de riches héritières, pour les inviter à s'émanciper avec lui. Mais le malheureux ne réussissait pas à capter l'attention de celles auxquelles il s'adressait à des fins si hautement sociologiques. « Nous leur avons donné une si mauvaise éducation, se disait-il ; les femmes sont comme les enfants, des êtres essentiellement comiques. » Il est vrai qu'il fut l'objet des attentions d'une jeune féministe, sociologue bien entendu ; malheureusement elle était pauvre, laide et sotte. Mais Bernardino croyait qu'une communauté d'idéaux était insuffisante pour les lier par des liens plus étroits. Ajoutons que notre sociologue préférait une femme qui ne fût pas féministe et qu'il pourrait convertir à ses idées. Ils auraient toujours ainsi des sujets de conversation, voire de ces discordes conjugales si nécessaires, en particulier pour faciliter de tendres réconciliations.

Le plus triste eût été que ses déboires et ses mésaventures eussent fait courir de graves dangers à la foi que Bernardino avait dans l'émancipation de la femme. Le mépris à son égard des jeunes filles à marier aurait eu raison des conceptions féministes de tout autre que Bernardino, mais il était persuadé que cette émancipation se heurte aux préjugés de la femme et que tout rédempteur doit être la victime de celles-là mêmes qu'il se propose de sauver. De plus, se disait-il, sociologiquement parlant, la femme est une ingrate, non certes par nature, mais par artifice, conséquence de la détestable éducation que lui impose notre culture, axée uniquement sur l'homme, et il importe de la débarrasser de ce sentiment d'ingratitude. Peut-être le célibat doit-il être le principe même de mon œuvre de rachat !

Une consolation et un dérivatif aux amertumes de l'apostolat de notre sociologue féministe lui furent apportés par la découverte des écrits d'une féministe étrange, Etelvina López, ardent défenseur du masculinisme, tonnant contre la femme, contre la femme moyenne s'entend, dont l'infériorité était, à ses yeux, de toute évidence. Elle avait, pour sa part, la certitude d'être hors de ce sexe : « Je suis femme par erreur, et je me refuse à l'être », proclamait-elle.

Bernardino, d'abord scandalisé par les théories de la futuriste et masculiniste Etelvina, finit par soupçonner l'existence d'une certaine similitude obscure entre le féminisme masculin et le masculinisme féminin. Il croyait entrevoir, sous les invectives de cet auteur contre son propre sexe, le reflet d'un regret latent sous ses propres défenses de l'égalité, si ce n'est de la supériorité du sexe féminin sur le masculin. De son côté, Etelvina, la masculiniste, admirait Bernardino, dont elle ne cessait cependant de combattre les théories et ne manquait pas, avec de fougueux éloges, de citer maints passages des ouvrages de notre pauvre célibataire. « Mon éminent adversaire », ainsi qu'elle se plaisait à l'appeler. « Si je représente le sexe, disait-elle, et si toutes les autres femmes étaient comme moi, la femme par erreur, peut-être les nobles et généreuses théories, bien que sujettes à caution, de Bernardino auraient chance d'être exactes ; mais la situation étant, par hasard et disgrâce, ce qu'elle est chez la majorité des femmes, seul est valable mon masculinisme, les femmes ne méritant pas l'émancipation. »

Etelvina écrivit un livre intitulé *L'Émancipation de l'homme*, contrepartie de *L'Émancipation de la femme* de Bernardino. La dame futuriste et masculiniste y soutenait que l'homme ne pourrait s'émanciper tant qu'il serait incapable de secouer les chaînes du culte qu'il porte à la femme. « Si les autres femmes veulent être des idoles, écrivait-elle dans son ouvrage, grand bien leur fasse ! L'homme a converti les charrues en idoles au lieu de faire des idoles des charrues. Je veux être la charrue et qu'on ne m'adore pas, mais être fermement guidée pour labourer le champ commun. »

Ayant lu le livre d'Etelvina, Bernardino eut une illumination subite qui l'éclaira jusqu'au plus profond de sa conscience de féministe. Une discussion s'engagea entre eux, non sans de grands éloges réciproques. Une correspondance suivit, il y eut échanges de photographies, d'ouvrages, et on se mit d'accord pour une rencontre. Lui frisait la cinquantaine, elle la quarantaine, sans le moindre espoir de rajeunissement.

L'entrevue eut lieu mais, contre leur attente et leur espoir, sans autre résultat qu'une estime encore plus grande pour leurs travaux, bien qu'opposés. Bernardino en remporta une très grande admiration pour le savoir et l'audace d'esprit de la masculiniste, et celle-ci une haute idée de la compétence en sociologie du grand féministe. Cependant ni l'un ni l'autre n'éprouvèrent aucune de ces inclinations où la misérable chair a sa part. Il ne serait pas impossible qu'à l'occasion de nouvelles entrevues ils n'aient eu l'impression que tout cela finirait par un mariage, malgré leur peu d'enthousiasme pour cette solution.

Néanmoins, disciples, admirateurs, même adversaires et critiques farouches, laissaient entendre que l'entrevue, tenue pour certaine, se terminerait par un mariage, les deux interlocuteurs se trouvant dans une situation équivoque devant l'opinion publique. Comment aussi apporter une solution à ce conflit ? Par un mariage intellectuel, chaste et pur, qui ne manquerait pas d'être particulièrement fécond pour la sociologie, les deux spécialistes collaborant à la publication d'un ouvrage qui paraîtrait sous leurs deux noms, et tenterait de faire la synthèse de leurs deux doctrines, après la découverte d'une région sublime où leurs deux idéaux se confondraient.

La collaboration se fit de plus en plus étroite, exigeant la présence continue des deux sociologues ; ils décidèrent de vivre ensemble, sans cependant se marier, séparés de corps, la masculiniste Etelvina gardant sa virginité immaculée. Leur union n'avait d'autre objet que faciliter leur collaboration et leurs travaux au cours d'entretiens quotidiens, dans l'attente de fondre en une même synthèse harmonieuse deux doctrines aussi diamétralement opposées.

On clabaudait ferme dans la gent intellectuelle. On leur reprochait une union suspecte, mais l'un et l'autre avaient le cœur trop haut placé pour prêter attention à ces médisances et, impavides, ils affrontaient ces racontars. Il n'empêche que tout cela ne fut pas sans agir sur leur comportement, mais bien autrement qu'on ne le supposait.

Avec la cohabitation leur apparaissait l'ambiguïté de leur situation. Ils s'inquiétaient de n'être ni mari ni épouse, et en même temps s'écartaient l'un de l'autre ; ils délaissaient leurs travaux. Des jours, des semaines, des mois même s'écoulaient sans qu'ils y songent et en discutent. Leurs absences du logis étaient de plus en plus fréquentes et de plus en plus longues. Il n'y avait plus de synthèse possible, mais une désagrégation de ce qui avait été leur idéal réciproque, Bernardino étant de moins en moins féministe, Etelvina de moins en moins masculiniste. Elle prenait conscience que l'idolâtrie de l'homme pour la femme se justifie et que le rôle d'idole n'est pas aussi désagréable qu'elle l'imaginait. De son côté, Bernardino admettait que la femme n'est pas l'être d'ingratitude qu'il supposait et qu'il n'est pas si utile de l'émanciper puisqu'elle est assez habile pour assurer sa domination sur l'homme, son dominateur.

Il se passa alors dans cet extraordinaire ménage quelque chose d'étrange, de surprenant. Ils en vinrent, sans jamais savoir comment, à une confession mutuelle et s'aperçurent qu'ils étaient singulièrement compromis bien que séparés. Les voies qu'ils suivaient les avaient menés à des sentiments plus intimes qu'une simple collaboration spirituelle. Ils s'ouvrirent leurs cœurs, se firent leurs confidences et se consolèrent mutuellement.

— Et maintenant, que faisons-nous, Etelvina ? Devons-nous nous séparer et aller vivre chacun avec celui que nous destine le hasard providentiel ?

— Il n'en est pas question, Bernardino ! C'est impossible ! Cela ferait jaser ! Tout, sauf cela !

— Alors, mon amie ?

— Je vais te dire. Il ne peut y avoir qu'une

seule solution, que notre complémentarité respective se sacrifie à notre union intellectuelle. D'après ce que je t'ai entendu dire de la compagne que te réserve le hasard, moi-même sachant ce que je sais d'un compagnon aléatoire, enfin passant aux yeux de cette maligne gent intellectuelle comme le couple idéal, la solution est donc de nous marier, comme ceux qui le font *a posteriori* pour régularisation, et celui qui doit venir sera considéré comme notre propre enfant.

— Voilà une ingénieuse solution sociologique ! s'écria l'ex-féministe.

Et quelques jours plus tard, on apprit que Bernardino et Etelvina, cette fois par contrat et sacrement, avaient célébré sociologiquement leur union. « Il ne pouvait en être autrement », pensa-t-on.

Peu après, au bout de trois ou quatre mois, on apprit qu'Etelvina avait donné le jour à de robustes jumeaux, un garçon et une fille. « Cela devait arriver, dirent les humoristes, c'est la synthèse à laquelle ils travaillaient. » Le plus curieux est que les deux enfants ne se ressemblaient pas, à ce que racontèrent ceux qui réussirent à les voir. Il y en eut pour ajouter qu'il y avait là quelque mystère et que la nourrice, engagée pour un des enfants, le garçon, s'attribuait un rôle exagéré dans la maison. On racontait qu'il y avait aussi un grand pendard, peut-être le fiancé de la nourrice, qui circulait là comme chez lui. On ne réussit jamais à connaître la vérité et, comme il y eut deux accouchements le même jour et presque à la même heure à la maison, on ne sut jamais rien de l'extraordinaire naissance des deux pauvres petits innocents, toujours considérés comme frère et sœur et élevés comme tels.

Il faut préciser que la synthèse entre le féminisme de Bernardino et le masculinisme d'Etelvina resta dans un éternel devenir, que la nourrice et le pendard finirent par se marier, s'installant au foyer spirituel qu'ils exploitèrent consciencieusement.

— Étrange combinaison, remarquait Etelvina.

— Dis plutôt ménage à quatre, reprenait Bernardino.

Composition Nord Compo
Impression Novoprint
à Barcelone, le 11 août 2011
Dépôt légal : août 2011

ISBN 978-2-07-044344-4./Imprimé en Espagne.

183068